2
[ Iruma Hitoma ]
入間人間
[ Illustration ] フライ
私の初恋相手がキスしてた
JN073364
My first love partner was kissing

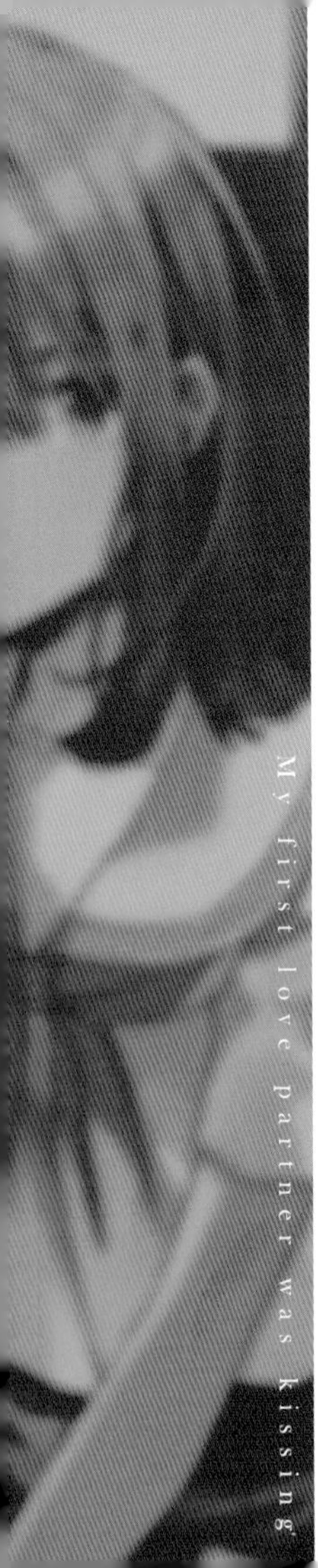


[ contents ]

「えーと……綺麗やとは、思います」

「家事もやって、
学校に通って、恋もして。
えらいね、タカソラ」

# 私の初恋相手がキスしてた 2

[ Iruma Hitoma ]
入間人間

[ Illustration ] フライ

『ツカエ』

My first love partner
was kissing

額からの血が止まる前に動こうと部屋を出て、わんわん泣いていたら流石《さすが》に大騒ぎになった。いくら厄介者でも、これほどの怪我《けが》を負っていて見て見ぬふりができるほど、みんな徹底はしていない。人間は、血の流れを無視できないのだ。

人がしっかり集まる頃合いを見て、この家の大人にやられたことを涙声で訴えた。誰にやられたかは敢《あ》えて言わなかった。言えば、その大人が躍起になって否定してくるだろうからだ。そこで引っかかっても、あまり意味がない。仮に収まっても、また別の大人が現れる。

必要なのは、雨をずっと凌《しの》げる屋根だった。

少し距離を置いて狼狽《うろた》えるように見ている大人をさりげなく観察しながら、痛みに泣きじゃくる。実際、泣いて済まないほど痛い。慌てて小走りで、嫌そうに走ってきたお父さんが本当に迷惑そうに見下ろしてきた。お父さんは、この家の人が集まっている場所に来るのを嫌がる。

自分の今の立場をよく分かっているからだ。

そのお父さんを見てこちらも、どうしようと少し考える。この人に頼っても仕方ない。

これまでも、見て見ぬふりを決め込んできた大人の一人にすぎないから。

そうしていると、この家で一番背の高いおじいさんも、火事場でも覗《のぞ》くような軽い調子でやってくる。おじいさんが来ると、他の大人はみんなさっと逃げるように離れて場所を譲った。着流しのおじいさんが屈《かが》んで、額の傷をじぃっと観察してくる。こっちはそのまま、相手がなにか言うまで黙っていた。その間も頭はふらふらして、気を抜くと床が横向きに見えそうだった。

「死ぬほど痛かったか？」

おじいさんがこちらの目を覗《のぞ》きながら確認してくる。正直に、小さく顎を引いた。

その返事が期待通りだったのか、おじいさんが立ち上がって手招きする。

「よし、ついておいで」

予想以上の結果が見えてきたので、泣いたふりを続けながら従うことにする。

「お前、この子がいらんのだろう？　いらないいなら俺が貰《もら》う」

お父さんに向けて、おじいさんが言う。お父さんは戸惑いつつも、意見に困っているみたいだった。いらないのは確かだったからだ。

「婆《ばばあ》と毎日散歩だけしているのも飽きたんでな。道楽だよ、道楽」

このおじいさんは一番背が高く、そして一番偉そうでもあった。

広い庭に面した外側の廊下を曲がって、人がいなくなったところでおじいさんが話しかけてくる。

「よくそんな勢いでぶつけたな。柱か壁の方に瑕《きず》は入っていないか？」

出血が鼻を伝って気持ち悪い。

「自分でぶつけたんだろう？　それ」

「うん」

見抜かれたので素直に答える。おじいさんは満足そうに頷《うなず》き、腕を振って歩く。

ごきげんってやつだった。

「俺も婆《ばあ》さんも育てはしないからな。環境はやる、勝手に大きくなれ」

「はい」

また素直に返事すると、「いいな、いい……」とますます気に入られたみたいだった。

素直な子供が好きなのかもしれない、と思った。

嘘《うそ》だ。

「額を叩《たた》き割《わ》ることにも、嘘《うそ》をつくことにもなんの躊躇《ためら》いもない」

「…………………」

なにか言おうと思ったけど、段々意識が遠のいてくる。

「お前みたいに異常な子供が育ったらなにをしでかすのか。それともなにもできない毒気の抜けた大人になるのか。それはそれでいい。どうなるのか見たいから長生きせんとな」

左の脇腹からせり上がるような気分の悪さに負けて、歩いていられなくなり、膝をつく。そのまま横に倒れて吐き気が頬の内側にたぷたぷ波打っている中、おじいさんはまったく助ける様子もなく見下ろすだけだ。

「楽しみだ」

肥料を撒《ま》いた鉢植えでも覗《のぞ》くように、笑うだけだった。

# 『地獄女子会』

My first love partner
was kissing

なぜ来てしまったんだろうと思おうとした。

思っている時間もなかった。

私の目の前で水池海《みずいけうみ》……が、もう本当に知らない女と……キス……して、そしてその和服女が突如、顔を離した後に全力疾走で公園の入り口まで、つまり私の下まで詰めてきたのだ。優美な見た目に似つかわしくない大ぶりの腕と尖《とが》った膝が公園の空気を引き裂いて、それに対してこちらは混乱さえ追いつかないまま接近を見届けるしかなかった。

「こんばんはっ」

滑り込んできた和服女が目を合わせて、陽気に挨拶してくる。

勢いと共に、花の香りがふわりと鼻の頭を撫《な》でてくる。知っている、匂いだった。

遠くで、水池《みずいけ》さんがその女の突然の行動に目を丸くして突っ立っていた。

同居人の水池海《みずいけうみ》の後を追ってきたら、知らない土地の知らない公園で、悪い夢みたいな状況に出くわした。

その悪い夢は今、私の前で、にこにこと手を振っている。

「ばんは～」

うるせぇ。

さっき、目が合ったと思ったのは間違いではなかった。

そしてそれを思い返して、ハッとする。

この女は。

私がここにいると知っていて、水池《みずいけ》さんとキスしたのだ。

お腹《なか》の奥がカッと熱くなってそれから、頰が同じように熱を帯びた。

「あっ」

遅れて追ってきた水池《みずいけ》さんが目を剝《む》く。そりゃそうなる、と冷静に納得しながらもバツが悪い。後をつけ回してこんなところまで来て、もしバレたらなんてまったく考えもしていなかった。

いや今の状況だと、考えていても対処できたか怪しい。

脳みそがバラバラになって、間を白い光が埋めつくしていた。

「なんで」

呟《つぶや》きかけて、それから目つきが一気に険しくなる。

「つけてきたんか」

まったくもってその通りなので、なにも言えなくて俯《うつむ》いて目を逸《そ》らすしかない。

「なんか用？　ああ……なんや、あんた」

水池《みずいけ》さんも言葉に戸惑いを残しながら訝《いぶか》しむ。なんだって、聞かれても困る。

私のことだけど、はきはき答えられない。

そしてこのやり取りから、和服女が察したように言う。

「同居人の子ね」

その辺は話しているらしかった。和服女が水池《みずいけ》さんの肩に手を載せて、「まぁまぁ」と割って入ってくる。牙でも見せつけそうな水池《みずいけ》さんの口元に指を添えて、「むにむに」と整形し始めるの。「ひひはん」と水池《みずいけ》さんの舌足らずを無視して、和服女がその顔を無理に笑顔へ変えてしまう。

「せっかく海《うみ》の夢が叶《かな》ったんだから、楽しく行こうよ」

にぃーっと、三日月でも描くような口で抗《あらが》おうとした水池《みずいけ》さんも、和服女の穏やかな調子に呑《の》まれて怒った肩を落とす。「うぃー」と、水池《みずいけ》さんの声が不覚にもかわいかった。

落《お》ち着いたのを見て、和服女が手を離してこちらを向く。

「海《うみ》を心配して来てくれたんだよね」

和服女が私の顔を覗《のぞ》きながら微笑《ほほえ》む。私はそれに対して怒れば……いい……の？

まったくの初対面で、でも少し知っていて、笑顔はあまりに気安くて。

距離感がまったく摑《つか》めない。

「だから海《うみ》も、あんまり怒らないの」

子供をあやすように和服女が諭す。なんでこの女に助け舟を出されないといけないんだ。

心の横がべこべこにへこんで頼りなくなっていくこの感覚を、惨《みじ》めって言うのだろうか。

「怒って……怒ってはない、けど」

「怒ってるよねぇ」

和服女は友達に同意を求めるように、私に話しかけてくる。なんなんだ、この女。

さっきから、笑顔以外の表情をまったく窺《うかが》わせない。面白がっている……楽しんでいる？

物腰は柔らかく、けれど酷《ひど》い女であるのはわずかなやり取りと行動だけでも理解できた。

「さてと。どうしようね」

和服女が遠くの建物の灯《あか》りを眺めながら、思案するように呟《つぶや》く。

どうするって、どうすればいいのだろう？

ちょっと喧嘩《けんか》して、追いかけてきて……でもその後のことは、なんにも考えてこなかった。なにがしたかったわけじゃなくて……いやなにかしたいのは確かで、しなければいけないって気持ちはあるのだけれど、なにを目指せばいいのか、さっぱり見えてこない。

水池《みずいけ》さんは和服女の隣で、元から小さい背を丸めるようにしてそっぽを向き、地面を見つめている。明らかに、私と目が合わないよう努めていた。見ていて、なんか腹が立ってくる。

別に水池《みずいけ》さんに非があるとか、悪いとかそんなことは一切ないのだけど、それはそれこれはこれ。私をこの場で邪魔にしか感じていないだろうし実際それは正しいけど、邪険にされたら腹も立つのが本音というものだった。

女三人で、知らない公園の入り口で突っ立っているのは傍《はた》から見てどう映るのか。人の気配は夜の裏に隠れたみたいになく、近づくものがいるとしたら羽虫くらいではないだろうか。

「予定ではこれから、海《うみ》とホテルに行くつもりなのだけど」

「は……は？　は……」

あまりにも明け透けに言うものだから、言葉が出てこない。

「あ、今日はえっちなことはしないつもりだから、安心してね」

「んなこと言わんでいい……」

水池《みずいけ》さんが額と目元を押さえながら、唇の端をわなわな震わせている。

こっちも和服女を睨《にら》まなくてよくなったら、すぐにでも顔を押さえたい。

「お友達と一緒に帰る？」

和服女が水池《みずいけ》さんに確認を取る。水池《みずいけ》さんは私をじぃっと見つめてから。

面倒くさそうに、頭を左右に振った。

「だって」

和服女は勝ち誇る様子もなく、私に目をやって淡々と笑っている。

分かってはいた。そう心が口にしながら、心臓が左右に叩《たた》かれるように揺れていた。

「お金で、買ってる、」

整然としないいくつかの言葉を、うわ言みたいに吐き出す。汲《く》み取《と》り、和服女は頷《うなず》く。

「そういう関係だね」

「今は、彼女……やから」

水池《みずいけ》さんがぼそぼそと補足してくる。「そうだった」と和服女が肩を揺らすと、水池《みずいけ》さんが不満そうにその顔を見上げる。

「一分前のこと忘れるんですか」

「忘れてないよ。ちょっと照れちゃって」

「そんな人じゃないでしょ」

「そんな人なんだけどなー。海《うみ》に好き好き言われると実はけっこう照れてる」

「そこまで、言ってない……と思う。いや、言ったかも……自信なくなってきた。普段のあたしってどんなんや？」

水池《みずいけ》さんが顔を覆う。その指先がぐねぐねと肌にめり込むように蠢《うごめ》き、それから耳が暗闇の中でぼっと灯《とも》る。

「あ、言っとるわ……」

「思い出せた？」

「今思い出したくなかった……」

からからころころと、鈴でも鳴るように和服女が上機嫌に笑う。

「…………………………」

脇で、そんなやり取りを聞かされる間、少なくとも水池《みずいけ》さんは一切、私を忘れていた。

自分がここにいる意味がないことを知らされる。

左手の指先から糸が伸びて、身体《からだ》がほつれていくようだった。

そんな風に、私は希薄になっていったのに。

この和服の女は、そんな私にも平気で話しかけてくる。

「でも夜も遅いし、よかったらだけどきみも泊まっていく？」

……………泊まる？

どこに？

「は？」

常識を快活に蹴飛ばした提案に、水池《みずいけ》さんと私のどちらも唖然《あぜん》とした。

和服女だけが、平坦《へいたん》な道をスキップして進んでいる。

「海《うみ》と暮らしてる子がどんな子か知りたいし、女子会しましょう」

にこにこしながら、明らかに頭のおかしいことを言っている。

誘うか普通、この状況で。

泊まるって、ホテルに？　この三人で？　ていうか私がついていける空気じゃないだろ。

いや空気とかそういう問題なのかそもそも。

「チキさん、あの……なに言ってんの？」

水池《みずいけ》さんだって、隣にいてもついていけなくて声が迷っている。

「だってこのままだと、嫌な思いだけして帰ることになるでしょ？　せっかく来たんだから、一つくらい前向きな気持ちを持って帰った方がいいかなぁと思って」

この場合、面の皮の厚さか、神経の図太さか、常人のそれではない発想のどれに着目すればいいのだろう。この女、普通じゃない。なんでよりによって、こんな女を選んでいるんだ。

私が好きだとか、嫉妬だとか、そういうのとはまた違うところで感情が警告している。

この女を認めてはいけないと。

「正直、いつもより更にわけわからんのですけど」

「あら、いつもわけわかんないって思われてたんだ」

「いや……でも、そうじゃない？」

「けっこう分かりやすく生きているつもりなんだけどねぇ」

ぽんぽんと水池《みずいけ》さんの頭を撫《な》でながら、私にも目を向ける。一人だけ、ただ自由だ。

「海《うみ》を見送って、このまま一人で帰れる？」

迷子でも心配するような調子で、和服女が、私に問う。

「……帰る……」

この女は明らかに異常で、発言も行動も提案も理外にあるのだけれど。

一貫した問いかけだけは、激しく私の心を揺さぶる。

このまま帰って、なにが待っている？

水池《みずいけ》さんとこの女が夜に消えるのをただ見て、引き返して、二本の足だけが動いて駅に行っ

て、電車の席と一体化するくらいの怠《だる》さと重力を感じながら運ばれて、夜でも残る夏日の熱に蒸されながらアパートまで真っ暗闇を帰り、母親あたりに夜間飛び出したことを怒られて最後はシャワーすら浴びるのも嫌になって部屋の真ん中で横たわって化石みたいに眠る。

そして朝になって帰ってきた水池《みずいけ》さんは、今も漂う花の香りでいっぱいになっているのだ。

私の価値観に基づく、幸せというものはその間に、一切合切挟まる余地はない。

そんな時間を、このまま帰ったら生きなければいけないのだ。

終わっている。

多分、もう水池《みずいけ》さんに関して自分が立ち上がる気力は失われて、終わるだろう。

二度と、なにも起こりはしなくなる。

私の恋は、せっかく生まれ落ちたのに前向きなものを知らないまま、静かに壊死するだけの運命を与えられる。

よりにもよって、自分自身でそれを選んで。

……だから、続けたかったら。

だから、続けたかったら。

今よりもっと酷《ひど》くなって、見るに堪えなくなるとしても続けていたいなら。

ここで帰るなんて選択は、異常だとしてもあり得ないと。

この女は、私に示している。

挑発している。

そして、その否定を待っている。私に求めている。

その先になにを見ているのか、単に現状を面白がっているのか定《さだ》かじゃないけど。

それに乗っからなければ、なにも残っていない。

今の状況は、全てが普通じゃない。

和服女は勿論《もちろん》、水池海《みずいけうみ》だってまともじゃないのだ。

私も少しくらい頭おかしくなるのは、ここから前へ進むための最低条件のようだった。

進んでいる先が明らかに道を逸《そ》れていても、前だと言い張るくらいには。

「じゃあ、泊まる」

「はぁっ？」

裏返る声を気にも留《と》めない、満足げな笑み。

「おっけー。家族にはちゃんと連絡してね」

声の裏返る水池《みずいけ》さんを意図的に無視して、和服女を睨《にら》み上《あ》げる。背が高いな、この女。歳《とし》はいくつだろう、二つ三つは上か？　なんで和服着てるんだ？　美人だ、それは真っ先に認めてもいい。でも、気に入らない感じだ。多分その溢《あふ》れ出《で》る余裕が、気に食わない。

その気に障《さわ》る女が自己紹介してきた。

「陸中地生《りくなかちき》。よろしく、そっちは」

下唇が、私の答えを待っている。名乗るか少し迷って、睨《にら》んで。

「星高空《ほしたかそら》」

「タカソラちゃんね」

「ちゃん……」

まぁいいや、年上だろうし。なんとでも呼べばいい。

私も内心では、この女を呼び捨てにするだろうから。

しかし親に連絡……工程の一つに、そっか、って影を感じる。外泊、許可貰《もら》えるだろうか。

「なに考えとるんや……」

呆《あき》れた目を私に向けてから、水池《みずいけ》さんが大きく溜《た》め息《いき》をつく。

「あたしは……親への連絡はええわ。いつものことやし」

それだけ言って、水池海《みずいけうみ》はすぐに私の側から離れていく。距離を取って伸びをしている和服女の手を引くように取る。握り合う指先が、夜の中でもはっきりと見えてしまう。

心の底に水が溜《た》まって、ちゃぷちゃぷ跳ねる感覚を不愉快と名づけたくなる。

「チキさん」

「なぁに」

「なんで」

子供が大人に縋《すが》るような、色々と疑問を重ねた問いかけだった。

「だって、海《うみ》の友達でしょう？」

「そうやけど……」

へー友達だったんだ私、と頭の横を通過してどっか行く声に、感想が乾く。

「友達を大事にできる、優しい海《うみ》になってほしいというわたしのわがままだよ」

「大事にするって、こういうことなんかな……？」

絶対違う。

「……………………」

友達か。

とても飛ぶことのできない跳び箱を、積まれた気分だった。

なぜ来てしまったんだろうと、やっと、感情の端から端まで後悔する。

絶対、素直に帰った方が賢かった。

でも私は賢い生き物じゃないので、今も、頭の悪い方を選んでしまう。

『泊まる？　どこに？』

「……友達の家」

『どこ？』

母親の口調は普段と変わらない。だから平坦《へいたん》で、力強い。

「ちょっと電車に乗って……」

知らない指が肩の上で軽快に跳ねる。振り向くと、和服女がにこやかに手のひらを差し出してきていた。代わって、と手のひらに書いてある。気がした。

迷いながらも、電話を渡してみる。母親を説得するのが面倒だったから、逃げてしまった。

「すみません、お電話代わりました。タカソラさんのお友達の……」

電話しながら和服女が私たちから離れていく。

「えぇ代わっていただければ……はい、どうも…………りです……」

鉄棒の周りを一周してきて、和服女が戻ってくる。そのまま朗らかな表情で電話を返してくる。受け取って画面を見ると、まだ通話中だった。耳元に添える。

「……お母さん？」

『話は分かったわ。明日には帰るのね？』

「うん……」

『ウミちゃんも一緒だとは聞いたわ。まったく、これからはちゃんと言ってから家を出なさいよ』

「分かった……うん、はい」

言ってからと言われても、こうなるよと予想して家を出られるわけもなかった。

電話を切る。納得していたみたいだけど、どう丸め込んだのか。

電話を握りしめながら視線を向けると、和服女もこちらをじろじろ見つめていた。

「きみもかわいいね」

ふふん、とチキという女が値踏みでもするみたいな目つきと共に笑う。

「ちょっと」と、水池《みずいけ》さんがチキの和服の長い袖を鋭く引っ張った。

「その人女子高生やから、近づかんように」

「えー」

水池《みずいけ》さんがめちゃくちゃな注意を促している。この先、一生聞きそうもない。なに、この女、女子高生がお好みなの？　女子高生買ってるの？　犯罪者じゃん。いや買ってるのかまだ正確には知らないけど。

「あと冗談でも、そういうのは……いやだ……」

子供が訴えるように、和服の袖を何度も引っ張っている。水池《みずいけ》さんがそんなしおらしい態度になるのは初めて見た。私だって、短い時間の中でそれなりに向き合っていたのに。

知らない顔ばかりだ、チキを前にすると。

水池《みずいけ》さんは私を見て、大してなにも思っていなかったのだと痛感させられる。

胸に次々と、小さな穴が空いていくようだった。

「本気だったら？」

「もっと最悪」

「だよねー」

チキが水池《みずいけ》さんの頬を揉《も》んで弄ぶ。「ふははさんといて」と水池《みずいけ》さんがなにやら不満げだったけど、じっとチキを見上げている間に、表情が柔軟になっていく。騙《だま》されてる。騙《だま》されてるよこの女子高生、絶対。

「じゃ、ホテル行きましょう」

臆面もなく言われるとこっちが尻込みしそうになる。こんな知らない率が九割を占める女についていって本当にいいのだろうか。水池《みずいけ》さんがいるとはいえ、いや、いたら余計についていくのが野暮というか、空気を読めていないというか、悲惨なことになるのが目に見えているというか。

こちらのぽんぽんと生まれる困惑と後悔など気にも留《と》めず、チキがさっさと歩き出す。知らない町の夜に置き去りにされるのを嫌ってか、さっきまで重かった足が案外軽やかに地面を蹴った。

水池《みずいけ》さんが、隣にやってきて横目で私を見る。

「なんで追ってきたん」

「……わかんない」

本音がそれだった。自分だって、思い立って動いてはみて、でも得たものは青く、私を引き裂くような感情の迸《ほとばし》りだけだった。心が嫌な意味で今、とても軽い。

ふわっふわに、自分でも摑《つか》めない高さを漂っていた。

「ていうかそのまま来るか普通……」

早歩きでチキの隣に向かう水池《みずいけ》さんの、そんな愚痴めいた呟《つぶや》きが聞こえた。

私も、歩きながらどんどん後悔を募らせていた。

入れ替わるように、チキが後退して隣に並んでくる。並ぶと相手の背の高さを意識する。水《みず》池《いけ》さんとなら、更に犯罪の数字が高まりそうな背丈の差があるだろう。

なんですかと聞く前に、相手から話しかけてきた。

「海《うみ》のこと、好きなんでしょ？」

耳に顔を寄せて、分かり切っているように確認してきた。

まだろくに話していないのに見透かされて、私女だけどと言い出す意味も見失い、殴りもできない握りこぶしだけがぐるぐる、なにも触れないで不安になっている。

踏み込みが軽い。躊躇《ためら》いがない。先手を完全に打たれて、間隔が摑《つか》めない。

そうやって、人を丸め込むのに慣れている雰囲気だった。

面白くない女だと思った。そんな尖《とが》った感情をぶつける相手には、滅多に出会わない。

嫌なやつと会ったら、すぐに離れるようにしているし。

でもこの女は、わざわざ近寄ってくるのだ。壁を作らないで、無防備なほどに。

「だからなに？」

自分の中にある脆《もろ》い三角形の感情を崩さないためには、そういう態度を取るしかなかった。

和服女は好ましいものでも見るように、人好きされそうな笑みを浮かべている。

「わたしたち多分そのうち別れるから、きみも諦めなくていいよ」

「…………」

軽やかにそう言い切って、和服女が水池《みずいけ》さんの隣に戻っていく。

「なんの話してたんですか」

「好きな子いる？　って聞いてみた」

「はぁ？」

コイバナコイバナ、と和服女は私に話しかけたときと変わらず、気持ちよく笑っている。

なんで、そんなに肯定的に思える涼やかさがあるんだ。

別れる？　別れるって、爽やかなものか？　いや違う。普通は、違う。

どんな気持ちでどんなこと考えていたら、こんな発言が平気でできるのか。

なんなんだ、この女。と、私は何度疑問の壁に額を打ち付ければいいのだろう。

どうせそのうち別れるとか言ってるよとこの場で叫んでやろうかと思った。水池《みずいけ》さんは信じるはずもなく、ただ嫌われて、お互いに嫌な思いをするだけだと分かっていても、叫び出したくなった。

二人の話し声が聞こえないように俯《うつむ》いて、足の動きだけを目で追って黙々と歩いた。長く続いたら、生きる意味とか前向きなものも見失いそうな道のりだった。

道順は覚えていないけれど、二人の足が止まったところで顔を上げた。

「あぁー……」

思わず、低い声がゆっくり漏れる。

Lの字を描くような、大きい建物が連なっていた。周辺は夜に灯《ともしび》を示すように明るく、私の知る玄関とは相いれない華やかさだった。建物の脇から中途半端《ちゅうとはんぱ》に覗《のぞ》ける中庭の輝きが眩《まぶ》しい。装飾された樹々《きぎ》は通年クリスマスでもやっているようだった。

ホテルと言うから薄い知識でそういう場所を想像し、覚悟していたけれど、チキが連れてきた先はそうした想定をまったく外してきた。魂が光に溶けたように、意識が様々な場所に散りながらもなんとか二人の背中についていく。高級なガラスの置物がキラキラしているのを眺めるような……ホテルのロビーに出迎えられて、そんな感想がまず浮かぶ。

水池《みずいけ》さんは案内されるのを慣れているように、ロビーの大きいソファの端に座り込む。

「受付済ませてくるから、ちょっと待ってて」

チキが私に言い聞かせてくる。立《た》ち呆《ほう》けていた私は、少し迷って、逃げるように水池《みずいけ》さんの隣に座った。萎縮して、自然と姿勢は真《ま》っ直《す》ぐ、硬くなる。それはホテルに気圧《けお》されたのか、水池《みずいけ》さんの側にいるからなのか分からなかった。

「なにここ」

これまで生きてきて、想像もしたことがない。光の塊をぐいっと縦に伸ばして作り上げたような空間に、異物として浮かんでいるような気分だった。多分とてもいい空気が循環しているはずなのに落ち着かないし、知らないうちに汗も滲《にじ》む。

「たっかいホテル」

水池《みずいけ》さんも硬めの声で答える。

「それは分かる」

「あたしもそれしかわからん」

ロビーを行き交う人たちは、思うほど私たちになんて注目しないだろうけど目を合わせるのが怖くてあまり見回せない。水池《みずいけ》さんも似たようなものなのか、正面を向いたまま置物になっている。

倣《なら》って、受付の和服の背中を見つめながら、息を潜めて待った。

なんでこんなところに自分がいるのだろうと、疑問を膝の上に載せながら。

「お待たせ。部屋取れたよー」

光を背景にしても浮くことのないチキが戻ってくる。部屋を取ったって、予約とかしていないのか。していても私が泊まるならまた色々変わる……のか？　ホテルなんて泊まったことがないから勝手が分からない。

「行こ」

チキが手招きすると、水池《みずいけ》さんがすぐに立つ。私は立ち上がりながら、飛行機でも届かないんじゃって思うくらい高く感じられる天井を見上げて、泊まるのか、って今更不安を覚えた。居候《いそうろう》と、今会ったばかりの女と。

まばたきするくらいの間に、道を踏み外していく。

ロビーの奥に並んだエレベーターの一つが丁度来て、そこに他の客と入る。

「…………………」

エレベーターは普通だった。壁替わりのピカピカに磨かれた鏡が、私たちを映している。私と水池《みずいけ》さんの格好だけが、光っていないように見えた。

エレベーターが私の知らない高さまで上っていく。人はお金で高い場所へ行く。高級ホテルに、飛行機に、果ては宇宙まで。私が地べたに寝転んで生きていないのは、母親が働いて高さを得ているからなのだと、ぼんやり理解する。

到着したエレベーターの先は、柔らかそうな絨毯《じゅうたん》の敷かれた廊下だった。踏みつけると、足音を丁寧に吸い込んでしまう。他の物音も部屋から漏れてくることはなく、銀世界を歩いている日を思い出した。

「今夜は女子会ね」

「じょしかい？」

未知の単語を出されたように、水池《みずいけ》さんの目と口が困惑に曲がる。

実際、こいつは知らないのかもしれない。一緒に暮らしていて感じるその無垢《むく》は、しかし私のまったく知らない世界を日々体験していたのだ。意識すると、頭がねじ切れそうなくらい痛い。現実と認識が別の場所に行こうとそれぞれの身体《からだ》をねじっている痛みだった。

「知りたいこと、聞きたいこと、話したいことを全部打ち明けましょう」

扉を開けながら、女を買う女が微笑《ほほえ》むのだった。

「ええ……」

自動で点灯して浮かび上がった室内に、感動より困惑が勝る。

長い。広いより、まず長いって思った。奥に長い。部屋の端がめちゃくちゃ遠い。ガラス窓まで、毎日掃除しろと言われたら嫌気の差しそうな距離だった。夜景にはこの部屋のためだけに用意されたような、夜の街の光が無数に輝いていた。

床は木製で、すべすべ。語彙を失うくらいテカテカだ。お屋敷《やしき》の床って感じがする、私の偏見に基づくと。十何階のホテルの床とはイメージが大分食い違っている。ソファとベッドの横に置かれた照明が過剰にならない程度に室内の雰囲気を明るく纏《まと》め上《あ》げている。果てにあるガラス窓の手前にも大きなテーブルと椅子が用意されていて、そこに辿《たど》り着《つ》くだけでもきっと、私にとっては旅のようになってしまうだろう。

ベッドはこれ、縦より横が圧倒的に広くて枕の置く場所間違えてないか？　と思う。一体何人で寝ることを想定しているのだろう。私たちの部屋よりこのベッドの方が大きかった。扉一枚通っただけなのに、別天地へ案内されたようだった。

入り口近くの壁に手をついて支えながら、困惑が落ち着くのを待つ。チキどころか、ただの部屋に圧倒されてしまっている。二人はそんな私と違い、慣れたようにまずソファに座る。座ってすぐ、水池《みずいけ》さんは思い出したように立ってお尻を払ってから、またチキの隣に収まる。広いソファの端に並んで座る様は、先ほどのベンチでの様子を彷彿《ほうふつ》とさせた。

頭痛を伴うような光景も、同時に蘇《よみがえ》る。

「こっち空いてますよ」

電車の空席を勧めてくるように、チキがソファの隣を叩《たた》く。

水池《みずいけ》さんがすぐに、不機嫌そうに言い放つ。こいつ、と眉間に皺《しわ》が寄るのが分かった。

「空いてない」

「そんなこと言わないの」

チキが水池《みずいけ》さんをたしなめる。……なんでこの女に助け舟出されないといけないんだ。怒られた水池《みずいけ》さんは幼児みたいに俯《うつむ》いて、ちょっと拗《す》ねて見えて、こんな流れなんだけど似合うというか、かわいいなって思ってしまった。というか、感情剝《む》き出《だ》しにしている水池《みずいけ》さんがそもそも新鮮で、こっちの感情も揺さぶってくる。向いていない。こいつ相手の喧嘩《けんか》は、私にまったく向いていない。これが俗に言う、惚《ほ》れた弱みというやつなんだろうか。

「海《うみ》、仲直りのやり方教えてあげようか」

クッションを膝に載せながら、チキが言う。光を覗《のぞ》くように、水池《みずいけ》さんの顔が上がる。

「謝ること。相手が悪いとか、自分が悪いとかそんなことはどうでもよくてとにかく先に謝る。自分が悪かったならそれが正しいし、相手が悪かったとしても、相手は当然その方が有利だから受け入れることが多い。それが一番簡単」

薄笑いと共にささやくそれは、親切をまるで感じないただの教訓めいていた。

「『仲直り』の方法でしかないけどね」

それはいいや、とチキがすぐに打ち切ってソファから立ち上がる。

「お菓子と飲み物買ってくるね」

「お菓子？」

「女子会っぽいでしょ」

「そうなん……？」

「タカソラちゃんはジュースの希望ある？」

「別に、なんでも」

「じゃあ本当に適当に買ってくるね」

念を押されると、不安の水位が増した。

チキがさっさと出ていく。場違いにもほどがある天上の空間に残されるのは、喧嘩《けんか》？ 中の私と水池《みずいけ》さん。ちらりと目をやると、すぐに目が合った。びくっとした、二人揃《そろ》って。

「ここに、よく来てたの？」

取りあえず、様子見の感覚で聞いてみる。

「いや、ここは初めて……やと思う」

ここは、ね。しかしあの女、雰囲気もそうだけど本当にお金持ちみたいだ。

その金持ちの道楽が、これなのか？

「さっきはごめん」

水池《みずいけ》さんが座ったまま、大きく頭を下げてきた。

「心配してくれたのに」

あの女に言われたから謝ったのかな、と引っかかりつつもこうなってくると私も、対象不明の怒りを下げざるを得ない。

なるほど、あの女の言う通り効果的だ。嫌なことばかり教える。

「謝ることじゃないと、思うけど……こっちも、ついてきてごめん」

「それはまぁ、そう……」

いやいやなんて流すかと思ったら、そこは水池《みずいけ》さんも譲らなかった。やっぱり、二人きりがよかったんだろうなと思うと許せたり、許せなかったりした。常識と感情が背中を向け合い、お互いの理想を虚空《こくう》に語っていた。

ソファを一瞥《いちべつ》してから、床に直《じか》に座る。こっちの方が慣れていて落ち着きそうだった。

ソファの上で体育座りする水池《みずいけ》さんを見上げて、二人きりで。謝るのも終わって。

吹き荒れていた嵐が過ぎ去って、少し安定を迎えたような、そんな気がして。

その焦燥の冷え方に、私のなにかが警告を発していた。

「水池《みずいけ》さんは……その、なに。夜出かけてたのは」

「うん。あの人に会いに行ってた」

それしかないと分かってはいたことが確定する。あいつだ。あの女が……敵？　敵なのか？

恋敵？

恋。私の、初恋。今の気持ちを恋以外で表せない限り、認めるしかない。

この栄養が足りていそうにない先端茶色の髪に、暗く静かに光る瞳に、陰と艶の共存する幼い顔立ちに、恋してしまったという自分を。おっぱいを。胸の大きさはどうでもいい。

珍しく見上げてみる水池《みずいけ》さんは思っている以上に小柄で、華奢《きやしや》な肩を眺めていると同い年ということを忘れそうになる。中学生と言っても、誰も疑わないだろう。

そんな子を、あの女はどうしてこうして、ああでこうで。

はっきり想像できなくて途切れ途切れの情景を思い浮かべるだけで、頭の裏側から目を逸《そ》らそうと無駄なあがきをしてしまう。

「あの人にお金貰《もら》って……なにゃ」

「にゃ？」

「舌の横んとこ噛《か》んだわ」

水池《みずいけ》さんの唇を突き出すようなしかめ面《つら》に、やっと、少し笑えた気がした。

私が笑っていられる話ではないのに。

「……ようするに、売春やな」

言葉を隠さないで吐露する。

「数えられんくらい抱かれた。星《ほし》さんとこへの生活費も、その見返りのお金で支払ってる」

聞きたくもないところまで、しっかりと。

長い髪を耳に引っかけるようにしながら、水池《みずいけ》さんが淡々と尋ねてくる。

「軽蔑する？」

「……そこは、別に」

善悪は、水池《みずいけ》さんへの判断基準にならない。

私が許せないのはそんなところじゃないから。

「ふぅん……星《ほし》さんってちょっと変わっとるな」

変わっているだろうか。それさえも、水池海《みずいけうみ》と出会ってから分からなくなっている。

自分がどんな生き物に変貌しているのか。

「あ、友達やからそう言ってくれるんか？」

「え」

なんだかすごく都合よく解釈されてしまう。

「だとしたら、嬉《うれ》しいわ。友達、ぜんぜんいないから」

くすぐったがるように、水池《みずいけ》さんが淡く頬を緩める。

私に向かってそんな顔を見せるのは、もしかするとこれが初めてかもしれなくて。

でも、友達。

前向きなのに心を削られる。新鮮で、空虚な体験だった。

友達じゃないよ。

「え？」

それを声に出したのか、自分でも分からなかった。水池《みずいけ》さんが不思議そうにこちらを見つめているので、なんでもない、って今度は舌の裏側から声が出たのを確認した。

目の焦点が合うまで、少し時間がかかった。

「でもいいことではないと思ってる。学校に知られたりしたら、問題っていうか終わり？」

「そうやね」

返事が軽い気もする。

「だってそれこそ……私が他の人に言っちゃったら、どうすんのさ」

そしてバラされたくなかったら私の言うことを……みたいな紋切り型の悪徳に出たらどうす

るんだ。こっちだって、ぐぇへへへとかそういう笑い方の練習もしていないのに。

水池《みずいけ》さんが、体育座りの向こうからじとーっと見つめてくる。

「星《ほし》さんはいい人なのか悪党なのかわからんな」

「言わないけどさ……」

「いい人だ」

こいつの判断基準簡単すぎないかいくらなんでも。いや流石《さすが》にこれは冗談としても。

「だから引《ひ》き際《ぎわ》っていうか……どこかでやめた方がいい、んじゃない」

「うん。やめた」

「は？」

「これからはふつーに付き合う……予定」

恥じるように、体育座りの膝の山が少し高くなった。付き合うって、普通って……そういう？

それをあの女が受け入れたと？　本当に？

「困らないの、それ」

「うん？」

「お金が必要だから、そういう関係があったわけで……やめたら困るから、続いてたんじゃないの？」

端的に言えば、浮かれてないかこいつ。なに、恋人ができて浮足立ってるってやつ。お金のやり取りを推奨したくはないけど、そこから始まったとしたらそれを無視するのは破綻を意味しないだろうか。

「それは、そうかもしれんけど……でも、もうたくさん貰《もら》ったしそれに、なんか嫌やから」

「そんな適当な……」

そんなことを私が不安になってどうするのだろう。でも水池《みずいけ》さんは今しか見ていなくて、あまりに危なっかしい。この同級生は別に、頭は悪くないと思う。むしろいっぱい考えていそうではある。でも、無知。多分、そっち。経験が偏りすぎているように感じられた。

「どんな女なの、あれ」

今のところ私の中では、胡散臭《うさんくさ》い美人という印象しかない。

「そうやな」と水池《みずいけ》さんの足の親指が重なって、擦れ合う。

「いい人で、美人で、花の匂いがして、頭がよく、優しくて、面倒見よくて、一緒にいると落ち着いて……後はまぁ、おいといて」

シャボン玉を宙に放つように次々、美徳だけ並べ続けた。なんだその完全な生き物は。

いるわけないだろ、そんなの。

「……取りあえず、花の匂いは分かる」

水池《みずいけ》さんがいつも部屋に持ち帰ってきていたものだった。

これからも寝起きにあの匂いを嗅ぐ羽目になるとしたら、その香りの意味は大きく異なってしまう。

「いいところしかない人やから、すぐ好きになっちゃった。それは、いいとこしか見せてないのも確かなんやけど、そういうことができるのも才能みたいなものなんじゃないかって今では思う。ずっとそこだけ見せてくれるなら、それは全部本物だし」

「ふぅん……」

ずっとそんな外面の良さを保証してくれるかはさておき。

自分を慕う相手に、嫌なところを見せないように努めるのも誠意ではあるのかもしれない。

嫌な面を隠さないと、人間関係なんて上手《うま》くいくわけもないから。

「あっちも、水池《みずいけ》さんのこと好きだって？」

「愛してるって言われた」

あ、そ！

愛を蹴飛ばしたくなる日が来るとは思わなかった。

「別に、信じとらんけど。それはチキさんが怪しいとかじゃなくて、あたしを信じてないってこと。チキさんのこと自体は信じてる……いやまぁ、本当の名前も知らんのやけどね」

「……そんな人と確かな関係みたいなの築けると思うの？」

傷つかないように立ちまわって、踏み入らせない。

それでも、恋は行き来できるというのか。

他人の家の塀の周りをぐるぐるしているだけのやつが、笑う。

「星《ほし》さんは、誰かの前で赤ちゃんになったことある？」

「は？」

それは誰でも、と言いかけて、あれ、となる。赤ちゃんになる？

……え？

「あたしはある。……つまり、そういう関係や」

なんで体育座りしてちょっと上向いて照れくさそうででも笑ってんだこいつ。

わっかんね！

どういう⁉

レベルが高すぎてついていけないのかいや会話の内容的にめちゃくちゃ低そうじゃないか。

なんで水池《みずいけ》さんはぽわぽわした感じで普段より肌の色が健康的に見えるんだ。明るいからか。明るい場所にいるからか。それとも私のついていけないレベルの会話による影響なのか。

聞きたいような、耳を塞ぎたいような好奇心と恐怖がせめぎ合う。

取りあえず、話題を強制的に打ち切って私を黙らせるくらいのパワーはそこにあった。

「今の、やっぱ言わん方がよかった気がする」

ぽつりと、天井に向かってそんな後悔が聞こえた。

こっちも聞きたくなかった。


ノックの音に真っ先に反応する水池《みずいけ》さんは、飼い主を待つ犬か猫のようだった。

そうか、カードキー置いていったから内側から開けないと入れないのか。じゃあ水池《みずいけ》さんを今邪魔したら追い出せるな、と思いながらなにもしないでその様子をぼぅっと見ていた。

「ただいまー」

二つの袋をぶら下げて帰ってきたチキの前に、水池《みずいけ》さんが嬉々《きき》として駆け寄る。

「おかえりなさい」

「……犯罪者」

ぼそっと挨拶代わりに呟《つぶや》く。聞こえないくらいを意識した小声だったけど、チキは目ざとく……耳ざとく？　笑顔を向けて反応してくる。

「そうだよ。海《うみ》から大体の話は聞いた？」

水池《みずいけ》さんの肩越しにこっちを覗《のぞ》いて確認してくる。

「あんたがお金で女子高生を弄ぶ、ろくでもない女ってことくらいは」

正直に棘《とげ》だらけの感想を述べると、チキより水池《みずいけ》さんの方が憤慨するように目つきを険しくした。強い眼光に少し怯《ひる》みそうになったけれど、それより先にチキが袋をテーブルに置く。

「なに一つ間違ってないよ。タカソラちゃんが良識ある子で嬉《うれ》しいな」

「嬉《うれ》しい？」

「海《うみ》の友達が、変な子だったら困るもの」

彼女というより、保護者みたいなことを言う。

「悪いことしてるって分かってるのに、やめないいんですか」

「そのお金で海《うみ》が助かっているなら」

穏やかな調子を崩さないのに、語尾には相手を切りつけるような鋭さがあった。断定して、迷いがない。自分なりの正しさをじっと見つめている人間の声だった。

「よくないお金でも？」

「お金に善悪はないよ。それでも強いて言うならかなり善だと思う。お金があると、他人に優しくなれることが多いから」

わたしみたいに、と返ってきた笑顔が物語っていた。

それは……一面の真理を含んでいるのかもしれない。お金持ちになったことがないから本当のところは分からないけれど、私よりこの女の方が優しいから、水池《みずいけ》さんは吸い寄せられていくのだろう。人は優しさに弱い。優しさは、武器になる。

それはそれとして、論点をごまかされている気がした。

「敷くものあるかな？　お菓子広げて、わいわいやりましょう」

やれるか、と小声で返す。水池《みずいけ》さんは周囲を見回して、素直に探しているみたいだ。

「ラーメン食べたばっかりなんですけど」

「そこはまぁ雰囲気で摘む感じで」

「私は食べてないけどね」

外で待ちぼうけだった。勝手についてきただけだから、当たり前だとしても一丁前にひがむ。

「じゃあタカソラちゃん、たくさん食べてね」

はい、と袋からジュースの缶を取って差し出してくる。不承不承、受け取る。

見たことのあるご当地クマキャラの描かれたサイダーだった。

「なんもないからティッシュ並べてみました」

「ありがと」

重ねて置いたティッシュの上に、封を切ったお菓子をばらばらと雨みたいに降らしていく。色とりどりのそれらが甘味と香ばしさをふんわりと漂わせた。文字通り山盛りだけど、崩せる気がしない。

真っ先に座ったチキが、どうぞどうぞと私たちを手招きする。ここに至るまでのすべてで、異物を挟んだような違和感が拭えない。私自身が正に異物そのものだからだろう。ホテルで、二人きりのはずなのに後ろについてきたと書けば、歯の間に詰まった食べ残しのような評価を受けてもやむない。

そんな私を喜ぶように招くこの女は、こんなにおかしいのになぜ違和感を伴わないのか。

水池《みずいけ》さんが片膝を立てるようにして座り、三角を描くための一角が空いている。空間は私に疑問を抱きながらも一応、待ってくれている。豪華なソファも、なんでも置けそうなテーブルもあるのに床に直置《じかお》きで、囲んで座るなんて……変なの、と思った。でも私と水池《みずいけ》さんは正直そっちの方が合っているし、チキの正座の振る舞いはパッと見ただけでも絵になっているのだった。

絵にもならない私は、ただ大人しく座るだけだ。

座り込んで部屋の天井を見上げると、少しだけ息苦しくなった気がした。

「まずは乾杯しましょうか」

チキがリンゴジュースを片手に提案する。

「私はする理由ないんだけど」

「さっきからなんか、機嫌悪いな」

そりゃそうだろうと声を大きくして叫びたかった。でも水池《みずいけ》さんからしたら、なんで星《ほし》さんが怒ってるんやろうという感じなのか？　怒りの源泉にまったく心当たりがないのか？

伝わってほしくない安堵《あんど》と、ほしいじれったさの両方が激しく波打っていた。

「お菓子食べながら怒れる人はいないから大丈夫。じゃ、乾杯」

さっささと進めて、ジュース缶を掲げてくる。水池《みずいけ》さんはペットボトルのお茶を、蓋も開けないまま小さい手で摑《つか》んで近づけている。その二人の視線が、柔らかさと鋭さの対称的な形を持って私に届く。

掲げた手を払うのは難しい。いつまでも無視するのもいたたまれない。結局、この面白くない女の作る流れに乗るしかないのだ。なにも祝うものがないまま、缶を綺麗《きれい》に合わせた。

「かんぱい」

「……ぱい」

せめてもの抵抗に、チキの持っている缶を強く押してやった。

近くにあるパイ生地のお菓子を一つ口に含む。物を嚙《か》み砕《くだ》く適量の快感と甘みに、意識が微《かす》かに浮き上がる。夕飯を取ってからなにも口にしていなくて、唾液にも苦い味が含まれる出来事ばかりだったからか、甘さが確かな救いとなっている。

水気の足りない喉に生地の欠片《かけら》が引っかかるのを、サイダーで流し込む。

真夏の夜に渇いた身体《からだ》に、健康を無視したような強い甘さが行き渡る。

淡く、一瞬で溶けていくものだけど。幸せの表面を、舌が撫《な》でた。

「こういうお菓子も、たまに食べると凄《すご》く美味《おい》しいよね」

カレーせんを回して裏表を確認しているチキが、食べる前からそんなことを言う。水池《みずいけ》さんはラーメン食べたとか言っていたのに、ポテトチップスをぽりぽりとマイペースに嚙《か》んでいる。飲み込むとき、控えめに頰が緩んでいて、見ているこっちもつい張り詰めたものが緩みそうになる。覗《のぞ》き見《み》ると、チキも恐らく私と似たような表情で、水池《みずいけ》さんを眺めていた。

そのチキが注目を即座に察したようにこちらを向く。目の動きが速く、ぎょっとした。

思えば公園でも、なぜかこの女はすぐに私に気づいていたみたいだった。おっとりとした雰囲気とは裏腹に、周囲の変化に敏感なのかもしれない。悪いことをしている女だし。

「早速タカソラちゃんに聞いていい？」

「聞くだけなら」

「海《うみ》のどういうところが好き？」

聞くだけでもお断りすればよかった、と目が乾いていく中で感じた。

まったく躊躇《ちゅうちょ》のない一撃が飛んでくる。初手から様子見なしに、斧《おの》でも振り下ろされたようだった。パリパリと、私を取り巻く空気が焦げるように乾いていく。

「え……好き？　あたし？　それとも普通の方の、海？　その辺に、ばーっと広いやつ……」

手振りで、恐らくは地形の方の海を表そうとする水池《みずいけ》さんが段々、困ったような表情になって私を見る。見られてはいけない、と急激な冷や汗が警告していた。今の私の顔色が予想つかないからだ。どれくらい、露骨になってしまっているのか。

「海は、見ていると……水面《みなも》が、綺麗《きれい》だね、って」

言葉が自転車のペダルを踏もうとして、延々、空を蹴っている感じだった。焦《あせ》った足だけがすかすかと伸びている。水池《みずいけ》さんの視線がずっと途切れなくて、こめかみのあたりでなにかが焼き切れそうになっていた。

水池《みずいけ》さんを見つめ返して、心臓が壁に押されたように引き締まったまま、ごまかす。

「そっちのうみ」

勇み足の声が早口で駆け抜けて抑揚を無視した。

「そ、そうなんか」

水池《みずいけ》さんが露骨に反応に困っている。逃げたい。毛布被《かぶ》って全身くるんで横になりたい。明るさと目線から遮断されて、地底人みたいになりたかった。

一方、私の喉を絞めるような言い訳に笑う女がいた。あっはっはっはと芯が通り、気持ちよさすら伝わる笑い声が、耳の外と中でガンガンに響く。

「なにか、おかしい、でしょうか」

なんだこの喋《しゃべ》り方《かた》。

「女子会楽しいなーって」

「んなわけ、あるかー」

「あ、このおせんべい美味《おい》しいから一つどうぞ」

お裾分けされたせんべいを、味も分からないまま力強く噛《か》み砕《くだ》く。分類できない濃い後味が口の中に残るのを、サイダーで一気に流す。飲み切ったら、かぁっと顔が熱くなったけど、ようやく走り切ったように少し落ち着いた。

「海もいいよね、全然行ったことないけど」

にやにやしながら、チキが話題に便乗してくる。拾われたくない話だと分かっているから積極的に掬《すく》い取《と》ってくるのを隠しもしない。どこが優しくていい人なんだ、これが。

「名前被《かぶ》ってるから、ちょっとややこしいな」

水池《みずいけ》さんの言い分に、チキは「ふむ」と一瞬考え込んで。

「シーはグッドね」

安易に、更に胡散臭《うさんくさ》くなった。

「でも海って、行ってなにするんだろうね」

飽きたのか一瞬で英語はお役御免になる。ついでのようにパイ生地のお菓子を私の前から摘んで、口に運ぶ。控えめに噛《か》み、喉をほとんど膨らませないでゆっくりと呑《の》み込《こ》む。仕草に一々、私たちとの差が見つかる。上品って、纏《まと》めるとつまり落ち着きがあるってことかもしれない。

「海……あたしも行ったことないわ。川もないかもしれん」

ポテチをずっと食べている水池《みずいけ》さんの口元を、チキが人差し指で軽く拭う。チキはその指を見つめてから、一舐《ひとな》めした。水池《みずいけ》さんはその動きにはっとして、口を強く擦る。

「丁度夏だし、海に出かけるなんていいかもね」

世間話くらいの感覚で、そんなことを言う。すぐに流れていきそうな話だったけど、水池《みずいけ》さんが口を拭いてから反応した。

「海に行ったら、あたしやってみたいことある」

「なになに？」

水池《みずいけ》さんがそんなことを言うのは珍しいのか、チキの食いつきがいい。姿勢も前のめりだ。

「ゴーグルつけて海の中見てみたい」

「魚が見たいってこと？」

「ううん、海の中」

水池《みずいけ》さんがふるふる横に首を振る。子供っぽい仕草が似合うな、と変なとこに着目しながら、地味な夢だなとも思った。

「じゃ、今度一緒に見に行こうか」

そうやって纏《まと》めると、水池《みずいけ》さんも、小さく頷《うなず》いて淡泊ながら笑う。チキには自然と笑えるのを、いつまでも、見て見ぬふりをしていたかった。

チキは笑いながら、ザラメ入りのおかきを手に取っている。カレーせんべいといい、米菓子が好みなのだろうか。嫌な女のどうでもいい情報が増える。

「ということで、タカソラちゃんも話振って」

「なにがどういうことなのか分からない」

「わたしばっかり喋《しゃべ》ったら喉渇くもの」

喉渇いたら水でも飲んでいればいい。私で潤おうとするな。

「話って言っても……」

なにを話せばいいんだ。聞きたいこと、知りたいことが山ほどあるせいか、かえって咄嗟《とっさ》に言葉が出てこない。どこから手をつければいいのか、山積みの問題はどう並べるのがいいのかとまずそこから悩んでしまう。唸《うな》っていると、水池《みずいけ》さんが先に話し始める。

「せっかくだから、聞きますけど」

声の在り方と目線から、水池《みずいけ》さんの関心はチキにしか向けられていないと分かる。そうねそりゃそうだね、と心を守るために荒《すさ》んだ空気を纏《まと》ってしまう。

「はいなぁに」

「チキさんは、あの、あたしのどういうとこが好きなんですか」

私の前でそんな話始めるか、普通。いや水池《みずいけ》さんは、なにも、分からないかもしれないけど。チキの方は分かっているのに、平然としている。

「ん、顔」

返事に迷いがなかった。正直ではあるだろうけど、それでいいのか。

だけど奇《く》しくも、その理由は私と同じだった。

「じゃあ、たとえば……星《ほし》さんとあたしの顔が入れ替わったら、星《ほし》さんを好きになるんですか」

「怖いこと聞くね、色んな意味で」

嫌だけど、同じ感想を持った。

チキが水池《みずいけ》さんの頭を摑《つか》み、こちらにぽいっと放るジェスチャーをこなす。

「はーっ」

はーじゃねえよ。

「首から上しか好きになってもらえんのは……なんか、寂しいじゃないですか。胴とか、足が」

しんみりしたように言っているけど、なかなかこう、独特の感性をお持ちだ。恋する乙女は胴と足を単体で感じやすいのだろうか。私も今、多分恋しているのに馴染《なじ》みのない感覚だ。

「海《うみ》の足も好きだよー」

安っぽい好きだな、とお菓子を噛《か》んで甘く毒づく。

「特に親指」

「なにその指定」

「え、あっと……」

なんで水池《みずいけ》さんはそんな謎の発言に口ごもり、やや赤面しているのか。

一々、聞くのが怖い反応ばかりだった。

こんな風に、地獄みたいな女子会に参加させられた。

チキは面白がって。

水池《みずいけ》さんはしっとりして。

私はお菓子で中和できないくらい乾いて。

こんな時間を過ごす為《ため》に空気読まないでくっついてきたのだとしたら、私は、罰を与えられているのだ。だけど罪に心当たりはなかった。転がり込んできた同級生に恋することは、そんなに報いがある、許されない感情だったのだろうか。

「それじゃあ、寝る前にお風呂《ふろ》入ろうかな」

立ち上がったチキが大きく伸びをする。そしてそのまま着物を脱ぎ始めるので目を見開きかけた。水池《みずいけ》さんはその様子を見ても慣れたように、さして慌てることはない。

本当に着物を全部落とし、髪留めを外し、下着までその場で脱いでしまう。全裸を隠しもしないチキが、にかっと私を見る。私はチキのどこを見ながら話せばいいのか、点滅でもしているように目の前の混乱が収まらない。

「みんなで一緒に入ろうよ」

「えっ？」

水池《みずいけ》さんの方が異議を唱えたような声を出す。私も遅れて、みんな？ と首を傾ける。この部屋のみんなというと、と分かり切っている数を数え始めて現実逃避する。

「女同士で入ってなにか問題でも？」

「あるわ、普通に。だって、なんやその……あのっ、付き合ってる、んですよね」

「付き合ってますよ？　今日は交際記念日だから、覚えておこうね」

指切り、と中指を絡《から》め合《あ》う。あまり見ることのない、がっしりした指切りの形だった。

「あたしとチキさんはええけど、星《ほし》さんも一緒に入るのは、なんか、違うような」

「違わないよ、みんなで仲良くなるにはお風呂《ふろ》が一番。行こう」

チキが水池《みずいけ》さんの手を取り、バスルームへと連れて行ってしまう。……え、これ私も行かないといけないの？　むしろ、行っていいの？　だって行ったら、チキだけじゃなくて水池《みずいけ》さんもいるわけで。お風呂《ふろ》なんだから、当たり前だけど裸なわけで。

「……………………え？」

一緒に暮らしていても、さすがに素《す》っ裸《ぱだか》は見たことがない。当たり前だ。いやでも、そこまで踏み込んだらいくらなんでも、と葛藤する。ただ分かるのは、行かなかったら、水池《みずいけ》さんを、チキが独り占めだ。

行っても、行かなくても、地獄みたいな女子会は続いている。

だったら。

「………………………」

入ろうって、言われたし。

こんな時だけ、都合よくあの女の言葉を受け入れる浅ましい自分に呆《あき》れて。

最悪を想像できているのに、足は、立ち上がっていた。

チキの脱ぎ散らかした着物を飛び越えて、バスルームへ大股で向かう。怖気《おじけ》づくな、と扉を力強く開いた。その扉がそのまま跳ね返ってぶち当たったような衝撃を、いきなり受ける。

全裸でこちらを振り向いた水池《みずいけ》さんと、気安く目が合った。

頭の中身が鉄みたいに固まって、がんこん、と揺れる音を聞いた。

「星《ほし》さん？」

なんでもないよ、と顔の外で誰かが喋《しゃべ》った。私の声に似ていた。

上から下に頭が激しく振られたように残像が走る。

風呂《ふろ》に入る前からのぼせたように、耳鳴りの中で機械的に服を脱いで、打ちのめされた意識でぼんやりした壁や床の上をぺたぺた移動する。自分が保てていなかった。

「いらっしゃい」

先にシャワーを浴びていたチキが、微笑《ほほえ》みながら出迎える。女が好きな女、と意識して裸を直視されていることにはっとして思わず隠すと、その反応を求めていたようにチキは肩を揺すっていた。

壁や天井は、大理石みたいな色合い。遥《はる》か遠くまでの夜景を眼前にした、丸い風呂《ふろ》だった。底から青い光でライトアップされて、お湯が鮮明に色づいている。三人で入っても問題ないくらい広く取られた湯船に、チキが早々に入っていく。

「早くおいでー」

「はい」

水池《みずいけ》さんは返事して、すぐに身体《からだ》を洗い出す。私もその隣で、シャワーを頭に叩《たた》きつけるくらいの勢いで被《かぶ》り始《はじ》める。頭皮にくっついた煩悩《ぼんのう》はまったく落ちる様子がなかった。上を向けないまま、贅沢《ぜいたく》なほどのお湯の量で洗い流していく。

お湯が身体《からだ》を伝うと、一瞬、救われたような気分を錯覚した。

そのまま水を滴《したた》らせて、円状の風呂《ふろ》に足をかけて沈んでいく。

アパートにはシャワーしかないから、湯船に浸《つ》かるのも久しぶりだった。

こんな時ではあるけど、ぶわぁっと、身体に溜まっていたものがお湯に染み出ていく。大きく息を吐いて、肘が溶けるように震えては崩れて、温まる肌は生まれ変わる感覚を味わう。ずっとあのアパートにいたらこれを一生味わえないのだと思うと、なんでか涙が滲む気がした。

三人で、並んで肩まで浸《つ》かる。どうしてこうなったー、と頭の中で声が反響する。

夢といえば、夢みたいな時間がずっと続いている。

乗った電車は私をちゃんと、線路の通りに連れてきたのだろうか。

「恋バナしよっか。好きな子いる？」

「はぁ⁉」

強引にもほどがある雑な話題の振り方をされた。

「海《うみ》からどうぞ」

「え……あたしは、チキさん」

「わたしは海《うみ》ね」

どこが恋バナだというくらいぱっぱと終了して、こちらに注目をぶん投げてくる。こいつ、とチキを睨《にら》むと、鼻から上は涼しい笑顔だけど、口元はにやーっと隠しきれていない。

「好きな人いるんか？」

水池《みずいけ》さんが淡々と尋ねてくる。話題を少しでも広げようといういじらしい行いをなぜここで見せてくるのか。いるんか、って、いるんやけど。……そいつ今、目の前で裸なんやけど。

言ったら、どうなるんだろう。

思いが通じるわけはない。間に挟まっているこの女がいる限り。

それでも一生、胸を泥水で淀《よど》ませるような気持ちが続くとしたら。

「……あ」

くっついていた唇が、ゆっくり離れる。

お互いに裸だから、気持ちも隠れる方法がないのか。

風呂《ふろ》で熱しきった肌は、羞恥心で高まっても些末《さまつ》な差でしかなかった。

「私は、水池海《みずいけうみ》」

水《みず》！　池《いけ》！　海《うみ》！　と内心ではそうやって地面でも踏みつけるくらいの勢いだった。耳の奥がぶくぶくしている。水面から顔が離れているのに、カニくらい泡を噴いている気分だった。

カニになりながら、水池《みずいけ》さんをちらりと見る。

水池《みずいけ》さんは、チキに寄り添いながら目を丸くしていた。

「あんたは星《ほし》さんやけど」

「そういうボケはやめろ」

ぐっと、立てた膝に顎を押しつけて睨《ね》め付《つ》ける。別に凝視しているわけではない。ない。視線で流石《さすが》に察するものがあったのか、水池《みずいけ》さんも似たような姿勢になって呟《つぶや》く。

「え……あたしが、好き、って？　そういう？」

「そうだよ」

なんで好きな女が惚《ほ》れている女を挟んで、告白なんてしないといけないんだ。地獄か。

「好きだから追いかけてきた。他に理由なんてないでしょ」

開き直ると、舌は案外回るものだった。水池《みずいけ》さんと私の顔の間には、チキの胸が見えているというそれはどうでもいいよくない耳が熱い。ばしゃばしゃ、なにが跳ねているのかというくらい湯船の表面がうるさい。水池《みずいけ》さんは恐らくお湯のせいで色づいた耳と頬で、私に応える。

「そうなんか……」

五文字の困惑で、私の極まった気持ちはお湯に流された。

分かっていたとはいえ、風呂《ふろ》の中で背中が寒気を覚える。

かりかりと、目の下が水分を失っていくのを感じた。

「海《うみ》、モテるねぇ」

「あの……なんで？」

「顔がね、本当にかわいいから」

お湯を掻《か》き分《わ》けたチキの手が、水池《みずいけ》さんの頬を愛《いと》しそうに撫《な》でる。なんであんたが答えるんだ、合ってるけど。とにかく顔だ、顔がいい。あとおっぱいデカい。デカい！

自棄《やけ》になっているから、魂の叫びが大きすぎて頭蓋骨が痛い。吐き気まで催してきた。

「でもあたし、チキさんが好きやし……」

即座に、フラれる。指先で突っついて反応を窺《うかが》うように、チキの肩が私を押した。

「だって」

「知ってる」

だからこの場で沈んで、二度と浮上できなくてもよかった。

泡を噴き続けて、混濁に、消えていきたかった。

でも気づくと風呂《ふろ》から上がって、椅子に座り込んで四肢を投げ出している自分がいた。本当に、なにも過程を思い出せない。タイムトラベルしたのかもしれない、あまりにも無意味に。

熱処理された金属みたいに、手足が熱く重く、溶けて動かない。

「三人で寝ればよくない？」

「それは、だめ」

また水池《みずいけ》さんが反対する。薄い壁を私とチキの間に作るのも慣れたように、踏み込みが早い。

「チキさんと星《ほし》さんが一緒に寝るのは……上手《うま》く説明できんけどなんかおかしい」

水池《みずいけ》さんが、ほんの少し背伸びしてチキに近づく。

「おかしいと、思います」

理屈を超えたような、幼い訴え。チキを見上げる水池《みずいけ》さんの後ろ姿は、心細さを抱えた子供そのものだった。同級生と思えない、弱い背中。だけどその身体《からだ》を年上の女に晒《さら》しているんだなと思うと、ちぐはぐさに頭が置き場を失う。ごろごろと、意識と視界が縦に回っている。

「じゃあわたしはソファで寝るから、二人でどうぞ」

快くといった態度で譲ってくる。その足し算引き算は成立しているのだろうか。チキが足取り軽くソファへ向かうと、水池《みずいけ》さんも鳥の親子みたいにその後ろにくっついていく。

「いやそうやなくて……いやそうやったら、あたしもソファで寝る」

どん、と水池《みずいけ》さんの額がチキにぶつかる。チキは赤子を受け入れるように、その背を抱いて。

「これでいいのかな？」

チキが水池《みずいけ》さんの背中を優しく撫《な》でながら、微笑《ほほえ》んで首を傾《かし》げる。

この状況で独りの私の意思なんて、表にさらけ出させるな。

「なんでももう、好きにしなよ」

のぼせたように、もう付き合える元気がなかった。

打たれた雨が肌を伝って流れるように、活力が失われて失意を枕にベッドへ倒れ込む。

追うように腰を大きく曲げて覗《のぞ》き込《こ》んできた顔が、にこりと微笑《ほほえ》んでいる。

「おやすみ」

「…………なさい」

真っ暗がりに転がり落ちる前に見るのがなんで、嫌な女の温かい笑顔なのだろう。

消灯が訪れる。明るさを失うと、空気が沈んで固まるように感じられる。お腹《なか》を押されたように大きく息を吐くと、知らない柔らかさのベッドに身体《からだ》がどんどん吸い込まれていく。

適温よりやや低い風が、静かに室内を満たしていた。

手足を広げても壁がなく、肌触りのいいシーツがどこまでも追随してくる。

いつもの熱気から逃げられない部屋とは、正反対。

だけど居心地に絆《ほだ》される前に、足の指先の向こうから、物音が聞こえてきた。

「狭かったら言ってね」

「大丈夫やけど……狭いって言ったらどうするんです？」

「こうぐるっと回って、海《うみ》を上に載せる」

「……これ、寝づらくないですか？」

「わたし、なにか載っててちょっと圧迫感あると結構落ち着くんだよね」

「あたしは落ち着かんのですけど。チキさん柔らかいし、あったかすぎるし」

「あ、えっちな気持ちになるの？」

「なるかい」

「わたしはなるけど」

「……いや、星《ほし》さんおるし」

「あ、いなかったらなるんだ。海《うみ》も結構正直だよね」

「いや聞こえるから……この話はもうええわ……それより、重くないんですか？」

「それを女の子に聞かれて重いよって答える女子高生好きはいないよ」

「べつに……あたしはもっと重くなりたいし」

「その真っ当な女の子に全力で背を向ける願いはどうして？」

「今のままやと、例えばチキさんが逃げてったら、摑《つか》んでも止められそうにないから……」

「その不穏な前提はさておいて、そっかぁ。海《うみ》は重い女になりたいんだ」

「そう纏《まと》められるとそうなんかな？　って怪しくなってくる」

「もう十分重くない？」

「どっちや」

「だって海《うみ》は、もしもだけどわたしが浮気《うわき》したらどうする？」

「あ？」

「ヤンキーの声出てるよ」

「あの、なに……え、怒る？　怒ります、けど」

「うん、それは怒るけど……怒るだけで終わり？」

「怒って……おこって、チキさんを、ぎゅうって握りそう」

「どこ握るの？　首？」

「わからん。でも爪思いっきり食い込ませて、そのまま泣きそう」

「……海《うみ》は、人を傷つけるの苦手なんだね」

「……そういうのが得意な大人は、みんな、怖かったから」

「怖いから戦うって考えもあるよ」

「そういう話、あたしには難しくて……チキさん優しいから、それでもうええって気になる。本当は駄目なんやろうけど、頭全然よくならんから、なにを考えたらいいのかもわからん」

「わたしも別に、なーんにも考えてないよ。海《うみ》を今こうして感じてるだけ」

「あたしも、似たようなもので…………前は、将来がどうとか不安に思って勉強してたんですけど」

「いいことだねぇ」

「そうですか？」

「海《うみ》はそう思わないの？」

「今……こんな風に、あったかいと、どうなんだろうって。今と将来って、どっちもおんなじじゃないのって思うんです。今の時間だって、ずっと未来だって、一日二十四時間生きとるのは一緒やなって。だから、未来を尊重するとか、大事にするとか……意味はあるやろうけど、それが第一なのはなんか、変じゃないかって」

「ふむ。満たされて向上心がなくなるのはよくないねぇ……よくないのかねぇ？」

「あたしに聞かれても」

「んー……そうだね、じゃあわたしと海《うみ》が八十歳まで生きるとしてね」

「ん……はい」

「年齢差があるから当然、わたしの方が先に死ぬよね。あ、言っちゃうけどわたし今二十一歳だから海《うみ》と四歳差だね」

「……女子大生？」

「そこは教えませーん」

「ちぇっ」

「本当はそこまで隠すことでもないけどね。でも秘密が多いと、なんだか気になってこない？」

「多すぎて不安なんですけど」

「それで、わたしが死んでからも、海《うみ》はまだ生きていく。その生きる時間がよりよいものであってほしいと願うのが、未来を意識するっていうこと……かな。つまりね、未来っていうのは自分以外のなにかのために祈れるかどうかってことだと思うの。分かりやすいところでは家族に、子供に、いい世界を残したいと思う。これが、未来を大事にするってこと。逆に言えば、自分だけでいいなら、未来なんてどうでもいいんだろうね」

「……あたしが、自分勝手ってこと？」

「それも生き方でしかないよ、良いも悪いもない。そして海《うみ》は優しいね、いい子いい子」

「……あの、そういうときって普通頭を撫《な》でません？　どこ触っとるんや」

「暗くてよく分からなかったの、ごめんね」

「頭以外を正確に触っとるんですけど……」

「とにかく海《うみ》は優しい。触り方も臆病なくらい優しいものねぇ」

「は？　……あ、え……だから、いるって」

「んー？　手の握り方とかそういう話のつもりだったんだけど」

「……嘘《うそ》や、絶対」

「うん」

「もう」

いつまでも、そんな会話が、ラジオみたいに続く。

周りに誰もいないときよりも、独りぼっちを感じていた。

本当の孤独がそこにあった。

背中を切り捨てて皮を剝がしてでも、逃げたかった。

身体《からだ》がブロック状に切り分けられて一つずつ離れていくように、言うことを聞かなくなる。

首から上にもう、私の意思は通っていない。

地獄は綺麗《きれい》だった。

地獄は柔らかかった。

そして地獄はあるがまま、私を苛《さいな》んだ。


電源を落としたように瞼《まぶた》と意識が閉じられていた。

広い場所にいるはずなのに、穴蔵で身動きが取れないように暗闇だけがそこにある。

死ぬってこういう感覚なのかもしれない。

その死を揺り動かしたのは、知らない女の手だった。

「おはよ」

耳元でささやかれて、跳ね起きてから背中に寒気が走る。様子見していた寝汗が噴き出たように首筋を濡《ぬ》らす。無防備に寝ている姿を他人に見られていた故の危機感だろうか。

焦燥の駆け巡る心臓の向こうには、優しい笑顔があった。

知っているような、知らないような瞳の輝きがあった。

嫌いな美形だった。

「おはよう」

ベッドの脇に屈《かが》んだチキが、もう一度小声で挨拶してきた。ん、ん？　と部屋の中を見回して、自分の部屋じゃないことと昨晩の出来事を遅れて思い出す。あの部屋以外で起きるなんてまずないから、頭が納得するのにも一手間必要だった。

支える右手が、柔らかいベッドに沈みそうだった。

朝はもう訪れているらしく、閉じたカーテンの隙間がうっすらと明るい。

「帰る前に、少しお話ししない？」

「……話？」

潰れた前髪を掻《か》き上《あ》げながら訝《いぶか》しむ。チキはもうバスローブから和服に着替えていた。

「海《うみ》が起きるまでの間、お話ししましょ」

「…………いいですけど」

この女は、余すところなく私の敵だ。寝起きなので言葉の使い方間違っているかもしれない。

とにかく徹頭徹尾敵だからこそ、なにも知らないのはまずいと思った。どう戦えばいいのか指針さえ摑《つか》めない。私に地獄を提供してくる女の提案を呑《の》み、二人で部屋を出た。

出る前に一瞥《いちべつ》したソファには、幼子みたいに身を丸くして眠る水池《みずいけ》さんが見えた。

「海《うみ》はよく寝てるね」

そりゃそうでしょうねぇあれだけ夜遅くまで盛り上がってたらと内心で毒づく。

「ホテルで迎える朝っていいよね。廊下を歩いてるだけなのに、ワクワクする」

「……はぁ」

つくづく気安い女だった。私をなんだと思っているんだ。

歯牙《しが》にもかけていない？　それにしては好意的とさえ受け取れる反応が続く。敵意や悪意といった尖《とが》ったものは一切なく、本当に友人のような距離感で接してくる。伝わってくる感情が一色にしか受け取れない。不可思議で、今までのどの人間とも違う在り方で。

まるで、宇宙人と出会っているみたいだった。

そしてそこに関連して、大きな疑問がある。

この女、私と水池《みずいけ》さんのどちらへも大して態度が変わっていない気がするのだ。

案内されたのはエレベーターの近くにある……応接空間？　なんて言えばいいんだ、分かんない。取りあえず椅子二つとテーブルが窓際《まどぎわ》に用意されている。なんのための空間なのだろう。

まさかエレベーターの到着を待っている間、座る場所とかなのか。

そんな横着の可能性もある場所に、チキと向かい合って腰を下ろす。

窓の向こうには、背高のっぽのビルの頭しか見えなかった。

「お互いにまだ聞きたいことがあるかなぁと思って」

チキが誘った理由を語る。その座り方は大人しく整っていて、無学の私にも教養というものを感じさせた。背筋の伸ばし方とか足の置き方とか、細かいところで差が出るのかもしれない。

しかし、そんな品のある女のやっていることは女子高生相手の買春なのだった。

世の中は終わっているのか？

「あ、昨日の女子会楽しかったね」

「どこが？」

「人の本音はいつ聞いても気持ちのいいものだから」

私からしたら、思い返したくもない赤裸々の数々だ。しかも、それだけ明かしたのに事態は私にとってまるで好転していない。水池《みずいけ》さんは一歩もこちらに動かないし、この女はそれを見て笑っているだけだ。

「三人で泊まってお喋《しゃべ》りなんて初めて……でもないけど、初めてってことにしようかなぁ」

「……なにそれ」

有耶無耶《うやむや》な言い方を、ちょっと考えて。

「……もしかして、女子高生をいっぺんに二人買って一緒に泊まったとか？」

「あ、鋭い」

チキが正解を言い当てられて目を丸くする。……正解したくなかった。

「色々事情があって重なっちゃって。でもその時は女の子たちの間で喧嘩《けんか》が始まっちゃって、間を取り持つのに苦労したなぁ。あれ以来、二人同時というのはやめました」

反省、と口元が薄く緩んでいる。

こんな女で本当にいいのか、と今寝ている同居人に問いたい。

いいって、言っちゃうんだろうけど。

「きみもかなりかわいいんだけど、海《うみ》が泣きそうだからその顔を見て見ぬふりしてる」

「……あんたね」

女子高生なら誰でもいいのかこの女。

「いい名前だよね、タカソラ」

「え？」

「響きが好き。口ずさむと本当に、駆けあがって高い空に行けそう」

微笑《ほほえ》みながら、チキが窓に目をやる。視線の先にはやはり高層ビルと、その更に向こうで色づき始めた青空があった。手の届かない空へと思いを馳《は》せるように、チキの目は細く、優しい。

明るい場所で改めて見るその瞳は独特の色合いで、異邦人と隣人を同居させるような、不思議な感触をもたらしてくる。

淡い日差しの中で、その収まりは絵画のように整い。

思わず、意識が根っこから惹《ひ》かれそうになる。

足の位置を慌てて直して、その意識を断ち切る。

残るのは、称賛。

変な名前とはよく言われても、褒められるのは珍しかった。

チキが思いついたように立ち上がり、廊下を引き返していく。「ちょっと待ってて」と一言残して。私は言われるまま、ぼぅっと座ってしまう。思えば昨晩出会ってから、あの女の言うことを大体聞いてしまっている。なんというか……そういうのが上手《うま》いやつらしい。

向かい側の空いた椅子を、意識散漫に眺め続ける。

こんなところに自分が一人でいる時間を、なかなか信じられなかった。

チキはすぐに戻ってきた。その両手は行きと違って、ペットボトルを掴《つか》んでいた。

「はい、お茶どうぞ」

「……どうも」

自販機で買ってきたであろうそれを受け取る。こういう細かいところで気遣いができるのは、簡単だけど難しい。余裕があれば容易《たやす》く、けれど常にそうした心持ちであることは、誰にでもできることではなかった。

向かい側の椅子がまた埋まる。ホッとしたような気持ちの自分を、戒める。

「三つ、質問し合おうか。どっちもそれに正直に答える」

どう？　と柔らかい笑みが私の返事を待つ。三つ……三つね。

百個尋ねてもまだ足りないくらい謎だらけの女に、なにを聞くのが的確なのか。それに私にも質問が来る。私のなにが知りたいのか。お互い三つと言っても本当に公平なのか。

寝起きをとっくに捨てている頭が、はりきってぐるぐるする。

走り回って、疲れるだけと分かっていても。

「……分かった。じゃあ、どっちから？」

「そっちで」

呑《の》まなければ三つどころか一つとして本当のことを知ることができないので、結局、認めるしかないのだ。そんなのばっかりだ、この女と関わると。選択があるように見せかけられて、本当は一切ない。

でもそんなのは、これまでの生き方全てに当てはまるのかもしれなかった。

「じゃあ、一つ目。本当の名前を教えて」

「名前？」

「知っておけば、色々……調べられそうだから。いざとなったとき」

どんなとき？　と自分で疑問を覚えながらも個人情報の開示を求める。チキはペットボトルの蓋を回しながら、「んー」と目を泳がせる。

「今の名前でいいんだよね」

「……どういう？」

「シホ」

確認を取ってきたくせに、間髪容《かんはつい》れずに名乗った。

「地平《ちたいら》シホです、よろしく」

相手を信じることが前提になってしまうけど、あっさりと本名を教えてきた。お茶を飲んで、チキ……じゃなくてチタイラシホが軽く息を吐く。満足したか問うように、私の目を覗《のぞ》いていた。

怪しい女の纏《まと》う謎を薄皮一枚くらいは剥いだ気になって、砂を水で固めるように目の前の存在をはっきりと意識させていく。それはいいことなのか、悪いことなのか……よく、分からなかった。

分かったのは、水池《みずいけ》さんに名乗っているのはやっぱり偽名ということだ。

水池《みずいけ》さんは、この女のなにを知って、どこに惹《ひ》かれているのか。

「好きに呼んでね」

「……じゃあ、ちたいらさんで」

「長いから下の名前でいいのに」

言ってから、地平《ちたいら》さんが「あ」と気づいたように目を泳がせて、笑う。

「海《うみ》の前では呼ばないでね」

唇の前に、人差し指を添える。

「海《うみ》はまだわたしの名前を知らないから、なんとなく秘密」

思いついた悪戯《いたずら》に自分で笑うみたいに、地平《ちたいら》さんが肩を揺らす。

付き合っている女には教えないで、出会ったばかりの女には名前を明かす。

この女の価値観は、理解できる範囲で形を成しているのだろうか？

「二つ目どうぞ」

「ん……ちょっと待って」

「どうぞ。でも海《うみ》が起きたらお開きね」

曖昧な時間制限をつけてきた。だから質問を先に譲ってくれたのだろうか。などと自然に好意的に解釈しそうな頭を叩《たた》きつつ、次の質問を考える。なぜ質問するのか、とその意味を踏まえながら。

私の願いは、この女の弱みを握る？　欲しいか？　欲しいかそれ、と何度も問う。この胡散《うさん》臭《くさ》さを見た目の良さと物腰で隠している女をどうにかしても、水池《みずいけ》さんが……なに、私を好き好き大好きになるかというと、そういうことではないだろう。

じゃあ私は、このやり取りになにを求めているのか。

この女に深入りして……その先に待つものはなんなのだろう。

「二つ目は……なんで、あんなこと言ったのかって」

「どれのこと？」

ぎゅっと、ペットボトルを包むように握って。

「昨日……水池《みずいけ》さんとはそのうち別れるって。あれどういうこと」

「そのままの意味だけど。海《うみ》とはいずれそうなるよって」

地平《ちたいら》さんの調子はまったく乱れない。未来を見通すように予定を淡々と読み上げて、そこにはなにかを惜しむような気持ちが感じられない。付き合うって、そんな風に離れられる関係を表現するのに適切なのだろうか。

「それは……あんたが、別れたいってこと？」

「そういうことじゃないよ。でも……そうなるよ以外に言い方がないなぁ」

地平《ちたいら》さんがどこの部分に困って苦笑しているのか、こちらにはまるで伝わってこない。

なんなんだ、って昨日から何度壁にぶつかってしかめ面すればいいんだろう。

この女と、地平《ちたいら》さん。認識がころころと入れ替わって安定しない。

私を幸せにしない女。

優しさと秀麗に満ちた人。

色々な角度から、無遠慮にじろじろと眺めてしまう。

「海《うみ》はいい子だからね。そうなるんだと思う」

「水池《みずいけ》さん？」

「はい三つ目行ってみよう」

「え、終わり？」

「正直には答えたもの」

もの凄《すご》く、含みを持ってそうな言い方だった。こっちの、こいつなぁって視線にも楽しそうに笑っているだけだ。こんな女、ずっと好きでいたら確かにおかしいので別れるのは必然……なのかな？　でも昨日の水池《みずいけ》さんの様子を見ていると、別れるなんて話になったら本気で抵抗してきそうだった。そんなことになったら、どう対処するのだろう。

容赦なく捨ててしまうとしたら、やっぱりこの女が、許せなくなりそうだ。

「質問どうぞー」

「三つ目は……もう少し、考えていいですか。あ、そっちが質問している間に、考える……という形で」

思いつかなかったので棚上げする。「いいよ」と地平《ちたいら》さんはあっさり受け入れる。

基本、こちらの質問や提案をまったく拒否しない。

そうやって水池《みずいけ》さんを懐柔したのだ……多分。弱そうだもの、そういうのに。

つまり、甘やかされたいのだ。そんなの、誰だって欲しい。

「じゃあこっちから一つ目。電話番号教えて」

「それ、質問……質問なの？」

「分からないことを聞いています」

そりゃ、そうだろうけど。正直に答えるという条件がある以上、拒否できないのか。今更だけど、こういうのを聞かれる可能性もあるのだと背中に嫌な汗が浮かんできた。

安易に決めてしまったかもしれない。

「わたしのも教えとくね」

「……いらないんだけど」

体のいい連絡先の交換だった。したところで、使うわけもないのに。

……ないと思う。少なくとも、私はこの女と連絡を取る理由がない。でも向こうは聞いてきた、ということはって視線で問うと、地平《ちたいら》さんは登録した番号と名前を笑顔で見せてくる。

登録名はタカソラだった。早くも、ちゃんがつかなくなった。

こっちは……地平《ちたいら》さんでいいや。さんはつけてしまう、一応年上だから。

「連絡してこないでくださいね」

「あははははは」

一笑に付すとはこういうことだろうか。意味がちょっと違う気もした。

下りてきた髪を耳にかけてからお茶を飲む。いつも飲んでいるお茶より香ばしかった。喉を通るときその味に合わせるように、少し甘い花の香りも私の中を満たす。香水ではなく、まるで本人から漂っているように常にその香りがつきまとう。

「二つ目は……そうだねぇ……海《うみ》の裸を見た感想は？」

「ほぉっ？」

肺が全部裏返ったような、変な声が出た。

「ふぉ、は、バカ？　バカかか？」

「耳以外も正直に答えてね」

熱の帯び方から充血を感じさせる耳を指摘されると、頬にもそれが伝搬しそうだった。急になにを聞いてくるのか、こんな開けた場所で。浮かんでいた背中の汗が、肌を溶かすように玉と熱を描く。どっどっど、って心臓が唸《うな》りを上げて、その度に首から上の血の気が上がったり下がったりした。寒暖差に鳥肌が立つ。

「そんなこと聞いて、なにがどう、」

「楽しい」

にこにこと簡潔に言い切ってきた。言葉尻にも表情にも、その一言しか表れていない。

人をからかうことだけが生《い》き甲斐《がい》って顔だった。

「綺麗《きれい》、だった……とか」

「しょーじきに答えるんだよ。しょぉーじきに」

たんたんたんと指先でテーブルを叩《たた》いてくる。正直だよ、少なくとも一回は思った。

とんとんとんが終わらない。たんたんたんだっけ？　耳障《みみざわ》りなそれを止めようと手を伸ばしたら、逃げたうえでとんとんし続けてくる。飛び掛かってその指をとんとんできない方向に曲

げたい。
でもこの女は、指を折っても別の指で催促し始めそうだった。
感想なんて、と水池《みずいけ》さんの裸を連想するように思い返して、目の前で火花が散る。
記憶に映っているものから、どうやって目を逸《そ》らせばいいのだろう？
目を閉じても逃げても、脳は動かない。瞼《まぶた》の更に内側に、焼きついていた。
血で膨れた頬を、何度か掻《か》いて。
滴《したた》る血液を錯覚しながら、ぽろぽろと、声を落とした。
「……………………………
……………
……………………おっぱい、デカいなって思った」
死ねばいいって思った。
誰に死んでほしいのか分からなかった。
自分でもよさそうだった。
「うんうん」
それが聞きたかったとばかりに頷《うなず》いている目の前の女も、消えてしまえばいい。
「触りたいって思った？」
「…………死ね」

「触りたいって思った？」

「思ったよそれがなんだようるさいな死ね」

どんどん本音が溢《あふ》れる、特に目の前の女へのそれは率直そのものだった。

「そうだよねぇ、海《うみ》のおっぱいはいいものだ」

「あんたの感想なんか聞いてない」

「タカソラに教えちゃうけど、あのおっぱいは大きいだけじゃないんだよ」

「は？　わけわからないし、死ね」

「海《うみ》のおっぱいは、おいしい」

「……すみません、ちょっと頭の具合がおかしくなりそうなので口を閉じて死んで頂けると助かります」

既に頭のおかしい女はまったく気にも留《と》めないで話し続ける。

「色んな女の子の肌を舐《な》めてきて分かったんだけどね」

「最低だこの女」

新種の妖怪なんじゃないだろうか。

「体臭が大分、こちらの感じ取れる味に関係しているんだよね。だからどのおっぱいもちゃんと味が違うんだなぁ」

人間だものみたいな流れで語られても、殺意しか湧かない。

「それで海《うみ》のおっぱいはね、どんな味わいかっていうとほんのりと」

「死ね！」

この女。この女、この女この女。

この頭おかしい話を私に披露するために、こんなところへ連れてきたとしか思えない。

思わず摑《つか》んでいたペットボトルを放り投げそうになる。でも肩に怒りがこもって骨が飛び出そうになったくらいのところで、なんとか抑える。自制は、ぎりぎり成立した。

目の前は気を抜くとすぐに、暴発した感情で真っ白になりそうだった。

地平《ちたいら》シホは悠々、立ち上がって私の側に来る。そして、顔を一気に寄せてきた。

「あんまり大声出すと迷惑になるから、もっと近くで好きなだけ呪ってね」

私の顔を取り、唇を自分の耳に寄せてくる。躊躇《ためら》いなく触れてくる他人の指に拒否感が先立ち、その指先の滑らかさに背筋が震えた。地平《ちたいら》シホの温度が近い。その温かさは、私の殴りつけるような怒りを固めて、身動きできなくしてしまう。

縛られたように四肢が重くなる中で、すぐ目の下に開かれた耳に、嚙《か》みつく。

「死んでしまえ」

抑えたせいか、低く、土の塊を剝がすような声が出た。

「死ねほんとに」

「うん」

貝殻に耳でも寄せているような調子の女に、なにを言っても叩《たた》いている感じがしなかった。死ねって短絡的で純粋な気持ちの取り扱いに、ふと困り始める。汚れてしまった手を洗いたいのに、それが叶《かな》わなくて胃が痛くなるというか……そんな気分になってくる。

そんな私の変化を見透かすように、年上の声がささやき返してくる。

「冷静になるとすぐに心が痛む。きみは、本当にいい子だね」

言い残したそれが素直な称賛なのか、単なる嘲笑なのか……ささやき声からは、汲《く》み取《と》れない。

戻って座り直した地平《ちたいら》さんがお茶を飲み、一息ついてから笑顔の花を咲かせる。

私はこの女と向き合って、まだ一度も笑っていないのに。

「あぁ楽しい。こんな話できる子、他にいないから」

そりゃそうだろう。というか、私にもするな。

「したくないよ別に」

この地獄はいつ終わるのか。地獄でももう少し話題を選ぶと思う。

その地獄の中心で笑い続ける女の声は、私の感情を抜きにすれば聞き取りやすく、容易《たやす》く耳に滑り込んでくるのだった。

「それで最後はね……海《うみ》とこれからも仲良くやってくれる？」

「は？」

質問に温度差がありすぎて、肌がぞわっとした。

しかもそれは問いというより、お願いめいている。

「海《うみ》が楽しく暮らせるといいなって。タカソラは、いいお友達になれそうだし」

その穏やかな声に呼び捨てにされると、憤《いきどお》りとはまた別種の落ち着きのなさが芽生えるのはなぜだろう。私の心が鍵盤になり、それをテンポよく叩《たた》かれているようなくすぐったさと小気味よさがあった。母親に名前を呼ばれるのとは明らかに違うものだった。

「それは、仲良くというか……」

これからどう考えても、水池《みずいけ》さんとの間はぎくしゃくしそうとしか思えない。

それは、私に原因があるのだ。そんなことは地平《ちたいら》さんだって分かっているだろう。

きっとその上で、そう言っているのだ。

均等ではない友情と愛情の足踏みを揃《そろ》える方法は、諦める以外にあるのだろうか。

「……向こうが、それを受け入れてくれるなら」

「それならいいの。海《うみ》とたくさん遊んであげてね」

「……なんなの、あんた……」

本心からの疑問が、毒気を捨てて漏れる。地平《ちたいら》さんの言葉には、嬉《うれ》しさとか、優しさとか、人がおよそ肯定的に思える温かい感情しかない。どういう立場で、どういうことを考えていたらそんな丸っこい気持ちを今の私に届けようと思えるのか。

届くものは善良でありながら、今この場に似つかわしくないそれに躊躇《ちゅうちょ》のないこの女は、やっぱりおかしい。いい人で、美人で、花の匂いがして、頭がよく、優しくて、面倒見よくて、一緒にいると落ち着くという水池《みずいけ》さんからの評価は、きっとなに一つ間違っていないのだろう。

異常な部分に、目を向けなければ。

「わたしは、んー……ただ女子高生が好きな女だよ」

「ただじゃない女子高生好きの女とかいないだろ……」

「どうだろうね。世界は結構、幅広いよ」

「あ、おった」

乾いた声が横から割り込んでくる。寝起きそのままでシャツはよれて、寝癖で髪の反り上がった水池《みずいけ》さんが立っていた。慌てて出てきたのか、足下を見ると靴も履いていない。可愛《かわい》らしい指先が質のいい絨毯《じゅうたん》を踏みつけていた。

「おはよう、海《うみ》」

「二人でなにしてたん？」

じとーっと、私と地平《ちたいら》さんを睨《ね》め付《つ》けてくる。元から目つきは悪いけど、更に薄暗い水気が増している。なんだその視線。もしかして、なにか疑ってる？　私を？　勘弁してほしい。

これまでの生活では淡泊に思えた水池《みずいけ》さんは、実のところ相当嫉妬深そうだった。でも嫉妬に駆られるようなやつが好きになる相手としては、かなり間違っていそうだと思う。

「海《うみ》と一緒に暮らすのがどんな子か知りたかったの。タカソラちゃんもいい子で安心した」

平然とした態度で嘘《うそ》まみれだった。いや……完全に嘘《うそ》でもないのかも、でも少し前に話していた内容はどう好意的に捉えてもただの色情についてだった。本人に聞かれたら死ぬくらいの赤裸々具合で、思い出すだけでも頭が重くなって俯《うつむ》きそうになる。

「チキさんのことやから、新しい女子高生に粉かけてるのかと思った」

「うわぁ本当に信用されてない」

目が白々しく丸くなるから、余計に不信を抱かれるのではないだろうか。

「だって……星《ほし》さんも、かわいい方やし」

水池《みずいけ》さんが急に私を攻撃してくる。褒め言葉で私の頰を鞭《むち》のように叩《たた》いてくる。水池《みずいけ》さんの目には、かわいいが見えていたのか。私に。かわいいんだ私……え、本当に？

でも喜んでいいものかと、心は伏せながらあたりを見回していた。

だって、かわいいとしても、別段その目は私を見るわけではないから。

「海《うみ》、おいで」

地平《ちたいら》さんが手招きする。水池《みずいけ》さんは寝癖のついた髪を掻《か》きながらも、素直に応じて近寄る。そして地平《ちたいら》さんの腕はそのまま受け入れるように抱きしめて、水池《みずいけ》さんの背中をあやすように優しく叩《たた》く。水池《みずいけ》さんの身体《からだ》から徐々に力が抜けていくのを見て取り、私の胸に忘れそうだった黒い靄《もや》が噴出していく。

「おはよう」

もう一度、促すように挨拶を重ねる。

「……おはようございます」

水池《みずいけ》さんの普段からのつまらなそうな声は、すっかり瑞々《みずみず》しくなっていた。

いい雰囲気勝手に作って盛り上がっているけど、根本的になにも解決していないのでは？

面白くもないものを、ただ目の前で見せられるだけだった。

そんな抱擁で有耶無耶《うやむや》にして終わらせて、地平《ちたいら》さんが元気よく立ち上がる。釣られて、転びそうなくらい前のめりに私も椅子から離れた。

「朝ご飯奢《おご》るから食べに行きましょ」

地平《ちたいら》さんの手が私と水池《みずいけ》さんそれぞれの肩を押す。万事仲良くとばかりに馴《な》れ馴《な》れしく触ってくるけれど、反発する元気も湧かなくなってきた。並んで歩く関係なわけがないのに、押し流されるように足並みを揃《そろ》えることになってしまう。

完全に、この女に呑《の》まれていた。

三つの質問。……私、最後の質問を保留にしたままだ。

地平《ちたいら》さんを見上げると、時間切れ、と唇が楽しそうに動いていた。

その艶《なま》めいた口元が、もう一つの言葉を私にだけ分かるように知らせてくる。

……仲良くやる、かぁ。

「おはよ」

廊下を歩きながら、水池《みずいけ》さんの顔を見ないようにして小声で言う。

返事は、部屋に着く前にやってきた。


聞いたら耳と常識を疑うくらいの値段のブゥレックファーストゥは、一口ごとに気持ちよさを覚えるくらい美味《おい》しかった。金だ、世の中は金！　と危うく様々な悩みを吹き飛ばしてこの世の真理に開眼するところだった。お金を持つと人間性が変わるというのは、こういうことかもしれない。

自分が漫然と見ている世界には、確かな段差があるのだと知った。

……しかし、私たち三人が揃《そろ》って食事を取っている様は周りからどう見えたのだろう。姉妹？　友達？　まさか売春している女と買う女と売っている女に横恋慕している女の取り合わせとは神様だって一瞥《いちべつ》で判断はできないだろう。三角を形作れているかも怪しい、細い線の繋《つな》がりは求めて引っ張ろうとしたらすぐにでもほつれてぼろぼろと崩れていきそうだった。

ホテルをチェックアウトして、駅まで歩く。地平《ちたいら》さんに髪を梳《す》かれて、乏しい表情ながらも上機嫌そうな水池《みずいけ》さんの背中を見つめながら。昨日食べきれなかったお菓子はお土産と渡されて、水池《みずいけ》さんが大事そうに袋を抱えている。

地獄は夜明けを迎えてもまだ続いている。

もしかしてこれから、どこを見渡してもそれが続くのかもしれない。

水池《みずいけ》さんが、私の部屋にいる限り。

「それじゃあ、ここで」

地平《ちたいら》さんが水池《みずいけ》さんと私の顔を順に見回す。爽やかな笑顔だった。

バカじゃないのかと思った。

こんな雰囲気で別れる相手じゃないだろ。なのに、なんでだ。

「タカソラちゃん、海と仲良くしてあげてね」

「……はぁ」

あんたお母さんかよ。

にこにこして、見ていると毒気が抜ける。その抜け落ちた毒気を、この女が吸いこんでいるのかもしれないとふと思った。

地平《ちたいら》さんは電車に乗らないらしく、駅の入り口から離れていく。

「チキさん、あの」

水池《みずいけ》さんが地平《ちたいら》さんを呼び止める。……名前、ややこしいな。一緒にいるとついうっかり、地平《ちたいら》さんを本名で呼んでしまいそうだ。……別に、それで私が困ることはないんだけど。

というか、もう会うこともないだろうし。ないだろうし。

「なぁに？」

振り向いた地平《ちたいら》さんの声は柔らかく甘い。ああ、こういう声で水池《みずいけ》さんを釣り上げているんだなって思う。乾ききった私には絶対に出せない声だった。

「また今度、また会いましょう、また、またぇぇと……なんて言えばいいんやろ」

不慣れな挨拶をこなそうと、水池《みずいけ》さんがしどろもどろになっているのを横で、他人事《ひとごと》みたいに見ていた。そして戻ってきた地平《ちたいら》さんが、和服の長い袖……袂《たもと》？　だった？　で水池《みずいけ》さんの顔を包む。周囲の視線から隠すようにして、それから身を屈《かが》める。顔を近づけて、手早くなにを済ませたかは見えなくても分かった。目の下に強い熱が、ひっかき傷みたいに走る。

袂《たもと》の取り除かれた水池《みずいけ》さんの頬も、うっすらと色づいていた。

「またね、海《うみ》」

にこっと、地平《ちたいら》さんが水池《みずいけ》さんの言いたいことを簡単に纏《まと》めてしまう。

「あ……うん、はい！」

水池《みずいけ》さんの瞳が磨かれたように色づくのを直視できなくて、車道の方に目を逸《そ》らした。

朝はとっくに始まって、社会は動き出して、私はそんな町の隙間からやってくる光に身を焼かれて、陰鬱になっていく。帰りたい、とぽつりと呟《つぶや》きが漏れる。

家ではないどこかに、帰りたくなっていた。

ぼうっと白んだ意識のまま、改札を抜けて気づけば電車に乗って座っていた。バカみたいな夜を越えて、私に残留するのは濡《ぬ》れきったような疲労だった。服を無視して、べったりと貼り付いたそれがやる気や前向きなものを根こそぎ吸い取っていく。

骨の一つ一つが、息苦しさに溜息《ためいき》をこぼしているようだった。

眠さとはまた違う、現実からの遠退《とおの》きの中で、車両が揺れる以外の音が聞こえる。

「電話、鳴っとるけど」

「うん……」

意識の霧が多重のカーテンみたいに、行動を阻害する。それをなんとか払いのけて、電話を手に取る。画面を周りに隠しもしないで億劫《おっくう》に確かめると、地平《ちだいら》さんからだった。別れた直後になんの用があるのか。

『また遊ぼうね☆』

いやだよ。

ばーか。

返信しないで、毒をぺっぺと吐き出す。

「友達?」

「……まぁ、そんなの」

水池《みずいけ》さんは知らないんだもんな、あの女の名前。

なんで付き合ってもいない私の方が知ってるんだ?

ちぐはぐさと、ちっぽけな段差に足をかけた錯覚で、少し笑う。

「なんかおかしい？」

「べつに」

「ふぅん……」

お互いに目を合わせない。電話を持つ手が急にどうでもよくなって、がくんと垂れる。

全ての感情が下流へ行き着き、留まり、淀《よど》んでいく。

「……つかれた」

このまま目を閉じて光の中に溶けて永遠に目が覚めなくて電車もどこにも着かなくてずっと眠って二度と目が覚めなくてもいいやって気分が、ちょっとだけ分かった。

もう二度と出会いたくない気持ちだった。

# 『その花の海は』

My first love partner
was kissing

夏休みを照らす太陽が頭の真上にあるみたいに、寝起きが重い。

寝つけもしないでタオルケットにくるまったまま、ずっと悶々《もんもん》としていた。寝られん日は、珍しくない。知らん人の家で夜に誰かが扉を開ける音が怖くて、じっと過ごしていたのを今でも覚えている。あの時は、暗闇がずっと真っ白に感じられた。

……まぁ、今寝られん理由とはまったく関係ないけど。

今は、こ。

こい、わずらいってやつ。

口にしなくても気恥ずかしい。誰からも見えんはずなのにタオルで顔を覆って伏せてしまう。チキさんに会いたいな。会いたいな、会いたいな会いたいな会いたいなってずっとわんわん、耳鳴りみたいに響いている。これ本当に病気なんじゃないかって不安にさえなる。

会ってから、五日くらいしか経《た》ってないのに。

でもどこにも行かない五日は長かった。日時計の影がずぅっと地の果てまで伸びて、それを追っているような気分だった。時計を見上げても、いつも十分くらいしか進んでいない。一日がいつまでも終わらない。得かもしれんけど、掃除を手伝って、勉強して……時間を潰すというのも限界だった。後はずっとこんな風に、眠れもしないのに横になって耐えていた。

自分から、また連絡すればいいんやろうか。

でもあんまりやるとしつこくないかとか、どんな文章送ったらいいんかとか、迷いばかりが増えていく。一番楽なのは、チキさんから色々聞いてくれること。以前はそれに甘えていた。だけど、もうお金を言い訳にできる関係ではなくなった。

あたしも、少しは動かないといけないのだと思う。

一方通行にならないように。

起きてからもしばらく悩んで、でも結局腕は伸び、指先は求めるように動く。

『会いたいです』

画面を見ないようにして送信する。返事はすぐだった。

『いいよー、いつがいいの？』

まずそう言われたことに安堵《あんど》する。チキさんに拒絶されたこと、これまで一度もないけど。

……そういうとこが、一番好きなのかもしれん。あたしにとって、都合がいいから。

自分が少し、嫌な人間に思えてきた。元から大嫌いで、どうしようもないやつなのに、追い打ちをかけるみたいに。

『今日……でもいいですか？』

どうせ明日も明後日《あさって》もこっちは用なんてない。だから、今日会うのが一番幸せだ。

今日が一番、今のあたしとチキさんが近いのだから。

『おっけー』

ここでごめんねとか、都合が悪いって言われたら、あたしは折れて二度と自分からは言えなくなる気がする。そうならないから、チキさん好きって気持ちがずっと高い場所から落ちる様子がないのかもしれない。

待ち合わせの時間も決めて、身支度のために部屋を出る。丁度、星《ほし》さんの背中が見えた。

「今日は出かけるわ」

居間で掃除を始めている星《ほし》さんに言うのは、少し気が引けた。あたしも手伝ってから行けるような時間を約束すればよかっただろうか。

「ああそう」

星《ほし》さんの声は尖《とが》って、荒く、小石を投げ返されたようだった。

「それ、一々私に言う必要ある？」

報告しといた方がいいと思ったのに、そう返されると、流石《さすが》にこっちもムッとする。

「じゃあ、もう言わん」

「そうして」

俯《うつむ》くように視線を逸《そ》らして、星《ほし》さんが尚《なお》も突っぱねてきた。

なんや、もう喧嘩《けんか》は返さんけど。

苛立《いらだ》つように頭を掻《か》きながら、星《ほし》さんが追ってきていた。

「晩ご飯とか、いるの？」

「え……わからん。用事があったりしたら、早めに帰ってくるやろうけど」

「あーそう」

さっきより更に投げやりに返ってきた。これ……あたしが悪いんか？

あたしはそういう判断が苦手だから、どっちがどうとかは考えないことにする。

「ごめん」

正直ムカついているけど謝った。だって、謝るのが一番の近道だって言ってたから。

星《ほし》さんとは、仲良くありたい。友達やし。

頭を下げて終わるなら、それでいい。だからあたしの頭はいつだって軽くありたい。なにも考えないで、ぶんぶん下がる。でも賢くもありたい。両立は、とても難しそうだった。

「こっちこそ、ごめん」

顔を見ないようにしながら、星《ほし》さんも謝ってきた。それから、すぐ離れていく。

仲良くは、難しいみたいだ。友達だとしても。

それは星《ほし》さんが、あたしを好きらしいことも関係しているのだろう。

星《ほし》さんの気持ちもわかる。だってあたしも、チキさんが他の子と仲良くやっていたらいい気持ちにはならないから。いや、いい気持ちとか格好つけてるけど、めっちゃくちゃ、嫉妬する。実際した。見透かされて泣きそうになって、心細くて苛立《いらだ》って、その後ろ向きなものを消す方法がわからないまま蝕《むしば》まれていた。

今の星《ほし》さんも、そんなものに苦しんでいるのだろう。

だけどそれをなんとかすることは、あたしにはできない。

あたしにしか解決できないことかもしれないけど、無理だった。だってあたしは、星《ほし》さんをそんな風には見られんから。友達とは思っているけど、それ以外の感情は揺れ動かない。

あたしからしたら星《ほし》さんは友達やけど、星《ほし》さんはそんな風にこっちを見られん。関係を維持したいなら、同じくらいの、同じ形の気持ちを持たないといけないのかもしれない。

あたしとチキさんの気持ちは、釣り合っているのだろうか。

答えは、考えるまでもなかった。


待ち合わせの駅に向かうまでの道のりに、人混みの少なさを感じる。

駅も電車の中も空いていて、歩くのも座席に座るのも不自由ない。

夏休みと、昼前と、平日が違う景色を見せていた。

電車に揺られている間、通り過ぎる風景を眺めながら星《ほし》さんのことを考えていた。星《ほし》さんとこれからも一緒に暮らしていくのは、難しいかもしれない。出かける度に喧嘩《けんか》したら面白くない。あの家を出て行くことになるのはいつなんやろう。お母さんはあそこで暮らすのが気に入っているみたいやし、星《ほし》さんのお母さんも出て行けとはすぐに言いそうにもないけれど。

でもずっと続くような生活には思えない。思い方が、わからん。

ずっとを経験したことがないから。

チキさんとだって……保証はどこにもない。

そんなのばっかりに囲まれて、毎日が不確かなまま朝と夜を迎えている。

いつまでも続くものなんて、見つけられる気がしなかった。

五つか六つ超えて、目的の駅で降りる。地元と違う小綺麗《こぎれい》で整った構内と改札を通過して、駅の入り口から出た日影に立つ。隣は緑の屋根の小さな屋台で、パンダ焼きって書いてあった。

パンダって食えるんか、と客に間違われんように遠回りで覗《のぞ》いたら、パンダの形をしたカステラっぽいのを売っているみたいだった。砂糖を焦がしたような甘い匂いを嗅いでから、また壁《かべ》際《ぎわ》に戻る。

……それで、パンダって食えるんか？

駅を出て右側には小さな時計台があり、日差しから隠れるものもないのに待ち合わせの人でいっぱいだった。あと、鳩《はと》がたくさん歩いている。人の足なんて気にしていないようにその隙間をうろうろしていた。その鳩《はと》たちがなにかを求めるように、一斉に羽を広げる。

ばぁっと、鳩《はと》がいっぺんに飛び立って遠くを目指すのを、ただ見送った。

広場には、羽根の裏の臭いだけが残った。

こんな昼前から会う約束をしたのはこれが初めてだ。

……デートなんか？　これ。

散々やることやっておいてその後にデートとか、順番めちゃくちゃやな。

でも昔は関係性の名前が違って、チキさんのことそんなに好きでも……なかったんか？　美人やとは一目見たときから思ってたけど……あれ、それってもう好きってことなんか？

いや最初は流石《さすが》に信用してなかったし……今も、しとるかわからん。

でも見た目には一目惚《ひとめぼ》れしとったのかもしれん。

本当に、見ているだけで全てが満たされるような他人なんているとは思わんかった。そもそも他の人をそんなものと感じる発想さえなかった。他人は、ずっと怖かった。

チキさんは色んな意味で今も怖いけど。

「……でーとか」

ホテルに入る時とはまた別種の緊張だった。

胃の底が硬くなるのがホテルで、肌からじわじわなにか滲《にじ》んで落ち着かなくなるのがデートだった。

体感的にはしばらく、実際には恐らく電車が一本走っていくかそれくらいの時間待って、チキさんの姿が見える。前回と違ってラフな洋服のチキさんが、軽く手を上げてきた。

「あ……」って、思わず声が漏れる。舌をくすぐるような吐息だった。短いけど、こういうのを心からって言うんやろうか。心底、ってやつだった。

その姿を見ただけで、喉から下へずっと詰まっていたものが溶けていく。

どろどろと、身体《からだ》の内側を巻き込んで溶かしながら。

不安と喜びを軌跡に残していく。

「早いねうーみん」

「うーみん⁉」

「いこっか」

うーみんについて一切触れることなくあたしの手を取ってきた。すべすべした指があたしを包む。背もそうやけど、手もチキさんの方が大きい。夏と違う、心地いい熱の実があたしの手の側にあった。

今日はツバの大きめの帽子を被《かぶ》っていて、ああなんでも似合うなって見上げてしまう。斜光を化粧のように従えて、陰影がその横顔の美しさを際立《きわだ》たせる。見惚《みと》れて、じっと見て、綺麗《きれい》すぎてなんでかいつもより距離を感じた。

「最近、海《うみ》から会いたいって言うようになってきたね」

「え、あ、はい」

あまりに唐突なうーみんの方に気を取られて、話が中途半端《ちゅうとはんぱ》にしか頭に入ってこない。

しかも即座に海《うみ》に戻っとるし。

「ごめんね、海《うみ》は寂しんぼだもんね。これからはもっと電話でもお話ししよう」

そこまで言われると、うーみんも薄れてムッとしたり、ぐっとなったりする。

「さみしい……とかじゃないですけど……」

「わたしには強がらなくていいよ、彼女なんだもの」

繋《つな》いだ手を掲げて、楽しそうに何回も握ってくる。大きな手、小さな手。くっついては少し離れて、その度にあたしとチキさんの指の間から、掠《かす》れた吐息でも漏れるようだった。

「……ほんとに、そう思ってます？」

「なにが？」

「かのじょだ、って」

もう買春相手じゃない……じゃないんだ？　その辺、どうなっとるのか詳しく話してないので認識が曖昧で、だから自覚が芽生えないのかもしれん。

「正直、あたしは全然実感湧いてないです」

ただこの人に会いたいだけで、前となんにも変わっとらん。会えば幸せと不安をくれるのも、変わらない。

チキさんからは、「わたしは結構意識してるけどなぁ」と、意外な返事が来る。

「してなかったら、昼間に会おうとは思わない」

「…………………」

「ま、別に彼女だったらこのままホテル連れて行ってもいいんだけどね。それよりも」

行き先を決めかねるように左右を見回してから、チキさんが尋ねてくる。

「お腹《なか》空いてる？」

「あー……はい」

星《ほし》さん家でなにも食べないで出てきてしまったので、正直に頷《うなず》く。

「よし、食べましょう」

チキさんが大きく腕を振って、デートを再開する。楽しそうな仕草に、少し安堵《あんど》する。

デートなら一方的やなくて、あたしも払った方がいいんやろうか。

まぁ、元を辿《たど》ればあたしのお金ってチキさんのお金なんやけど。

「あっはっは」

「え、なになに」

急にチキさんが適当に笑うものだから、ちょっと驚く。

「ご飯食べて、それからなにしようどこ行こうって考えてたらなんか楽しくなってきた」

立ち止まったチキさんがよいよいとあたしの肩を押すようにして、通りの端まで移動する。

なんやろうと思って正面から見上げていると、チキさんの手があたしの頬と髪をさらって、耳を撫《な》でる。

「海《うみ》はね、わたしにとって特別なんだよ」

その声と微笑《ほほえ》みが、夏の太陽を模したようにあたしを焼いた。

赤面しているのがわかるけど、チキさんの手が寄り添っていて隠せない。

「こんなに大事にしたいと思える子は、他にいないから」

その涼しく、静かで、染《し》み入《い》る声に、こちらは喉を詰められてなにも返せない。溺れて酸素を求めるように、口が中途半端《ちゅうとはんぱ》に開く。

「嘘《うそ》じゃないよ」

あたしの下唇の震えから読み取ったように、先に釘《くぎ》を刺してきた。

それからまた、手を取って歩き出す。日差しと帽子の狭間《はざま》から伸びた髪の揺れを、無言で追いかける。夏の混じらない熱が、赤い線になって頬の上をずっとぐるぐるしている。

嘘《うそ》じゃないと嬉《うれ》しいし、嘘《うそ》なら、ずっと騙《だま》されていたい。

そう思った。

駅前から少し歩いたビルの狭い階段には、段ごとに色んな広告が貼ってある。着物貸し出し、美容院、和食、人力車の案内、そして最後に焼肉屋。用があるのはその最後みたいだった。

二階の壁は色んな汚れが染《し》みついて、日陰なこともあって煤《すす》けたように真っ暗い。つい触ろうと指を伸ばしかけて、汚れが移ると思い引っ込めた。こういうのを控えんとあかん、チキさんと一緒にいるなら。少しでも、恥かかんようにしないと。

店は開店直後らしく、他の客はいないし店員もまだ談笑していた。その店員の一人があたしとチキさんを窓際《まどぎわ》の席に案内する。夏やし、窓際《まどぎわ》って暑くないんかなと思っていたら案の定、普通に椅子が熱されていた。

でも店の中はちゃんと冷房が機能していて、腰から上は寒いくらい涼しい。

「海《うみ》はお肉好きだもんね」

「好きですけど……入るの、初めて」

目の前の鉄板で肉を焼くのはわかる。でも焼き加減とか、そういうのは未知の領域だった。チキさんが店員さんを呼び止めて、次々にお肉を注文していく。名前だけ聞いてもカルビくらいしかわからん。そんなに食べるんかな、と不安になるくらいたくさん注文した気がした。

「好きなだけ食べてね」

「……うん……」

「どうかした？」

返事が中途半端《ちゅうとはんぱ》になったからか、チキさんが不思議がる。

迷ったけど、言っておくことにした。

「あたし、チキさんの前でなにか食べるの本当は嫌なんです」

「どうして？」

「食べ方、汚そうやし」

育ちが悪いというか、誰もあたしを育てなかったから全部自分で身につけるしかなかった。そしてそれは洗練されていないに決まっている。これまでの人間の歴史とか、そういうものと無縁なのだから。対するにチキさんは、どんな細かい所作を見ても美しい……気がする。手本見とるわけやないし、わからんし、単にチキさんが美人だからそう見えるだけかもしれんかった。とにかくあたしには教養の一切が欠けている。だから、恥ずかしい。

「たまにそういう自分が情けなくて、泣きそうになる」

そんなに駄目なのに、なんでこんな、なんでもある人を好きになってしまったんやろう。

なんでもあるからか。そうだよな、って思う。

なんもないやつなんて、誰も好きにならん。好きになる方法がわからないからだ。

チキさんが「ふむ」と一瞬思案するように目を瞑《つぶ》り、すぐに動く。あたしの隣に座り直してきた。向かいに誰もいなくなって偏ったまま、チキさんがあたしの手に箸を握らせる。

「箸の握り方と、茶碗《ちゃわん》の持ち方。今日はそれをお勉強しましょう」

教育番組の人みたいな喋《しゃべ》りに若干面食らいながら、ああ、まずいなって指先の温かさを憂う。

「こういうの、いかんと思う」

「どうして？」

「また泣くから。でもここ、お店やし……」

「海《うみ》はあんまり気にしないくらいで丁度いいよ」

大丈夫、と耳元でささやかれると、なんでか涙が滲《にじ》んだ。

前もこんな風に、感情より先走って泣いてしまったことがあった。

足りないものを、優しく埋める。理想的なくらい、あたしを満たす。

突き抜けて、失ったときをもう考えてしまうくらい、幸せを注ぐ。

早くも涙が溢《あふ》れて、肉を運んできた店員さんの姿がはっきり見えない。

「あ、ちゃんと食べますからどんどん置いといてください」

「はぁ」

店員さんがあたしたちを極力見なかったことにしているのが伝わってきた。

周囲から見れば変やし、恥ずかしさもあるけれど。

でも、チキさんから離れるよりは耐えられた。

「なんでやろ……チキさんに優しくされると、すぐ泣く」

星《ほし》さんだって、別に優しいのに。全然違う。

優しさに種類があるとしたら、成分が違うとしたら、チキさんのそれにはなにが含まれているのだろう。効きすぎる優しさも、繰り返し摂取していけば、いつか慣れてしまうのか。

「正直なんだねぇ」

あたしの背を撫《な》でながら、チキさんが愛おしげに呟《つぶや》く。

そのチキさんの言葉の意味を理解するのは、もう少し後になってからだった。

「お腹《なか》いっぱいになった?」

「はいあの……ほんとに、おいしかった」

「よし。実によし。さて、んー……んー」

ビルの階段を下りてから、日の下に出たところでチキさんがあたしを上下に眺めてくる。服にタレでもこぼしたかなと自分でもシャツ引っ張って確認するけど、特に汚れは見当たらない。

「服買いに行こうか」

「服って、あたしの？」

「うん。海《うみ》に着せたいものがたくさんあるの」

結局ほとんど食べなかったチキさんは、機嫌良さそうにあたしの手を取って歩き出す。

「これも意識の変化だよきっと。今までは海《うみ》の裸ばかり興味あったけど、こうやって可愛《かわい》い服も着てほしいって思うのはね。そう、立派な変化」

「へ、ほ、へ」

いい話みたいに堂々と言うものだから、本当にごまかされかけたけど酷《ひど》い発言だった。

「わたしも海《うみ》がいることでしっかり影響を受ける。それは、とても素晴らしいことだよ」

あんまり手放しで褒めるものだから、警戒してしまう。

チキさんじゃなくて、自分の勘違いを。

必要とされているとか、愛されているとか。

そんなのあり得ないって思って、でも。

必要とされたいし愛されたいのも本心で、矛盾で屈折しとる。

「嘘《うそ》や、そんなの……」

保険をかけるように、また否定してしまう。

でも。

それは、大きな誤りだった。

チキさんがあたしの手を離して立ち止まる。

振り向く。

笑っていなかった。

「わかれよっか」

「え？」

「こんなに疑われてたら、なにもできないよ」

呆《あき》れたように、突き放す物言い。

怒っていた。

あたしが。

怒られていた。

チキさんに。

あれ？　え？

別れようって、え、え？

ん？

あ？

…………………あれ？

最初に反応したのは膝だった。かくんと、夏の地面に遠慮なく打ち付けられる。痛みはなく、足は熱の塊と化したように溶ける。ぶるっと、胴が震えた。顔は仮面でも割れたみたいに、どんどん痛くなってくる。

外気温と隔絶した寒気と、息苦しさ。

これが多分、あたしの最後に行き着くもの。

「ひひはん？」

ぼろぼろと、肉体が崩れていくようにすべてが不確かになる。

確かなのはすぐに流れ落ちて自分から消《き》え失《う》せる涙の温度だけだった。

チキさんが、あたしの腋《わき》の下に手を入れる。

「予定変更。ほら、立って」

焼けたような膝が、チキさんに支えられて辛《かろ》うじて立ち上がる。

「今、海《うみ》に一番必要なものを買いに行こう」

「ごめんなさい、あの、ごめんなさいっ」

「怒ってないよ」

「ごめんなさい……やだ、やだ……謝ります、やだ、やだよ、いやだ、ごめんなさい……」

「今から人の話も聞かないでそんな風に謝ったら……」

チキさんが初めて、あたしを睨《にら》みつけて黙らせる。喉が萎縮しすぎて呼吸を失った。

「謝ったら……えぇっと、えーどうしよ……この場で乳首当てゲームを始めます」

「……は？」

「乳首当てゲームっていうのは五回連続で乳首を突っついたら勝ちってルールでぇ」

「し、知ってる」

二度とこの世に復活せんでえぇと思ってるけど。

そこでチキさんが歯を見せて気さくに笑い、ようやく、あたしも「ひ、へへ」と不格好に笑って、少し力を抜く。なにかを伝えるようにあたしの手を取る指先に力を込めて、チキさんが先導していく。

気を抜くとすぐごめんなさいって言いそうになる自分を堪《こら》えて、俯《うつむ》いて歩いた。

こわかった。

本当に、死んでしまうかと思った。

こんな簡単に人って死ぬんだって、実感できてしまった。

まだ生きていたいと、チキさんの手を、ぎゅっと握り返す。

夏の日を再び肌で感じられるまで、道路の白線が生と死の境に見えていた。

そのチキさんに連れてこられたのは、服屋ではなく、なんて言うんやった……ああそう、ジュエリーショップ。慣れん横文字だ。

キラキラしたものがショーケースに溢《あふ》れていて、鳥の好きそうな店だった。もちろん、こんなとこ入ったことないし、表から覗《のぞ》いたこともない。あたしみたいなのが近づくだけで怒られそうなイメージさえあった。

ここに、あたしに一番必要なものが売っとるらしい。……首輪かなんかか？

床と壁は白と黒を基調にピカピカで、店の中自体が宝石みたいだ。気を抜いて歩いていると靴が滑りそうだった。ここで暮らすとどこも目に光が入って、あまり眠れなくなりそうだなと変な感想を持った。

「すみません」とチキさんが店員に声をかける。そして、あたしの肩に手を載せた。

「この子になにか贈りたいんです。名前が海《うみ》なので、海をイメージしたものってあります？」

ええ勿論《もちろん》、と店員さんがあたしを一瞥《いちべつ》する。店員さんは、あたしの首から上だけを見た気がした。格好なんて見る価値もないから。こういうのを、被害妄想と言う。

「ちょっと待っててね」

チキさんが店員さんを連れて、棚の前を回り出す。あたしはお母さんの帰りを待つ子供みたいに、その場で二人の姿を目で追う。チキさんと店員さんがなにかを話しながら、棚に飾られた宝石を覗《のぞ》いている。こんなとこで独り待たされても心細いだけなので、早く帰ってきてほしい。チキさんと一緒にいることでごまかされていたあたしの人生が、ぱりぱりと剝げて元通りにみすぼらしくなっていきそうだった。

さっき一瞬で捨てられそうになったから、余計に、怖い。

あれがあたしたちの関係の本質みたいに考えてしまいそうで、この場で泣き叫びそうだった。

「うーん、なかなかピンと来ない」

「では奥にありますのでそちらも持ってきます」

チキさんが店員さんと別れてあたしのとこに戻ってくる。そして言葉を交わさずとも笑顔を向けられると、きっと深い意図もないその表情に安心してしまう。待っている間、意味もなく手を繋《つな》いでもらった。あまえんぼうだねって言われるみたいに、頭も撫《な》でられた。

優しくされても、されなくても、いくらでも泣きそうだった。

「海ということで、こちらのような指輪を用意してみました」

店員さんが布を敷いた箱に載せて持ってきたのは、青色の指輪だった。

表面はやや粗く、岩に波がかかるのを描いたような彫刻がされている。表から裏面へ至る間に色が徐々に変わっていき、こういうのをなんて言ったか……グラデーション？　みたいになっている。白波のかかる爽やかな青から、遠くに覗《のぞ》く、緑の混じったような海の色合いへ繋《つな》がる指輪だった。

「つけてみて」

「はぁ……」

わからんので、言われたとおりに中指にはめてみる。ちょっと指輪が大きい。指にこんなものつけたことないから、少し圧迫感もある。中指だけ少し重いことへの違和感と、あたしの小さな手には不釣り合いに見える鈍い輝きを、ぼぅっと見つめる。

「気に入った？」

「えーと……綺麗《きれい》やとは、思います」

特に内側の青色が。でも指輪つけてると、青色見えんなこれ。うーん、と天井の光に透かして眺めていると、「いくら？」とチキさんの声が顎の先に聞こえる。

「五百万円になります」

「へぇ。その指輪お高いね！」

「……は？　え？」

値段が耳たぶを叩《たた》いて、店の入り口の方に飛んでいった。じと、と背中に汗が浮かんで、それから思わず自分の指から後退《あとずさ》りそうになる。でもいくら後ろに逃げても距離が生まれるわけなかった。指輪がずんずん迫ってくる。逃げることを諦めて、踏みとどまりながら手の甲の向こうを覗《のぞ》くと、チキさんがニッコリしている。更にニッコリ、と店員さんが笑顔を重ねていた。うそ、嘘《うそ》やろ、と動揺が深い。

ごひゃくまんえんって、どこの国で使う単位だ？

気軽にはめていた指輪が急に重さを増す。

指ごと、ごとんとその場に落ちそうだった。

「お、おお……」

「買います」

「はぁ⁉」

静かにしないといかん店にいるのはわかっていても、思わず声が裏返った。

買うか買わないかより先に、大きな疑問がそびえたつ。

「か、買えるの……？」

「買えますよ。カードでお願いします」

チキさんが財布から出した小さな板切れみたいなので、五百万円？　いやカードくらいはしっとるとはいえ、そんな気軽に提示していいのか。

「いや、いやいや。買うとかおかしいって。ご、五百万円って」

「海《うみ》になら五百万円なんて惜しくない。それを海《うみ》がどう扱っても、売っても、捨てても後悔しない。それが、わたしの気持ちだよ」

あたしの方を見ないで支払いのやり取りを続けながら、チキさんが淡々と言い切る。こちらになにも向いていないのに、胸をどんって叩《たた》かれた気がした。

自信を持てって。

動揺が、ゆっくりと身体《からだ》に染《し》みて高揚に変わる。

砂みたいに崩れ落ちそうだった自分が、水で固まり、今はまだ立っていられる。

水の名前は、前向きな言葉でええなら思いやりとか、優しさって言えばいいんだろう。

指輪を、もう一度見つめる。

流石《さすが》のあたしでも、本当にそんな金額かは怪しいと正直思った。

でもチキさんがそう言うのなら、あたしにとっての価値はそれでいい。

値段は誰かが決めたもので、価値はあたしが決めたもの。

どっちも一つの答えでしかないのだ。

それにしても、ごひゃくまんえん。

はめた中指だけ、一トンくらいの重さに感じられた。


「気をつけて帰ってね」

「はい……」

待ち合わせたパンダ焼きの近くで、今度は別れる。

どこに帰るんやろう、チキさんは。

あたしこの人の裸は知っとるけど、他のことはほとんど知らんのやなぁ。

めちゃくちゃだった。

「楽しかった？」

「……はい」

本当は、怖い方が勝っていたけど。

チキさんは返事に満足したように、あたしの頭を撫《な》でてくる。

「……子供じゃないんですよ」

「子供だよ？」

優しく手を取り、溶けるように微笑《ほほえ》む。

そして。

「マイサン！」

大げさに背中を叩《たた》いて抱きついてきた。

せめて娘にしとけや。

「冗談はさておき、わたしから見ると海《うみ》はやっぱり子供で……でもそれが、ずっと続いてくれると嬉《うれ》しいな」

その柔らかい声の意味を、少し考えて。

「それってずっと女子高生ならええなぁって言ってるだけでしょ？」

「まっさかぁ」

あっはっはと軽く笑い飛ばされた。ふへへへとこっちも声だけは笑うしかない。

離れたチキさんが、「寂しくなったらすぐ電話してね」と言い残して去っていく。

電話……電話か。人と電話したことあったか？　あたし。

ぼーっとしかけて、でもその前にって、背中を目で追う。

「チキさん」

聞こえるかわからなかった声が、改札を通る前の足を止めた。

振り向いたその人に、ぐっと、こぶしを作りながら。

「だいすきっ」

肺の中身が空っぽになるくらい、呼吸が上手《うま》くいかないまま伝えた。

ニッと歯を見せて笑うチキさんが、大きく手を振り返してくれた。

子供みたいに遠慮のない振り方に釣られて、あたしもばかみたいに振ってしまう。

振る度に、好き、好き、って心臓が痛かった。

それからようやく腕を下ろして、何回も噎《む》せた。空気の足りない身体《からだ》を駆け巡る血の感覚が、呼吸と共に鋭敏に蝕《むしば》む。出血でもしているように胸の奥が熱かった。

挨拶するだけでこれとか、あたしの人生大変やなってちょっと自嘲する。

帰り道は多分、この気持ちを何回も反芻《はんすう》して目を伏せるんだろう。

あたしの恋はまだまだ、噛《か》む度に雑多な味が滲《にじ》むみたいだった。

「…………………………」

それは、ええとしても。

まだかまだかと身構えていたけど、結局最後まで来なかった。

「さよならやわ、うーみん」

そして、ちーちゃん。


知りたいと会いたいと、あと一つはなんやろうと体育座りで内側を探る。

座り込んでシャワーを浴びながら、熱の中で意識が呻《うめ》く。

今のチキさんとの関係に求めるもの。

知りたいは貪欲、会いたいも貪欲。そしてあともう一つ、あたしの中に欲がある。姿形は見えているのに、名前がわからん。そいつの正体を知りたくて、星《ほし》さん家に帰るまで、帰ってからずっと悩んで、首を傾《かし》げていた。名前が出てこない。これだけ考えて判明しないなら、それはまだあたしの知らない感情なのかもしれない。知らないことは、無限に等しく存在する。自分のことさえもだ。世界は限りなく、果てのない9を重ねた先にあるごく僅かな1だけを知って生きていくしかなかった。

シャワーを浴び終えて、濡《ぬ》れた髪も適当に部屋へ戻る。部屋に星《ほし》さんの姿はない。星《ほし》さんはまだ台所で、夕飯の後片付けをしていた。手伝おうかって声をかけたけど、いいって断られてしまった。あたしたちの間の谷底を挟んだような空気は、これからもう解消されないのかもしれない。せっかく友達になれたのに、けっこう、残念だった。

部屋の隅に座り、帰ってきてから外した指輪を、手に取って眺める。五百万円、と値段を反《はん》芻《すう》しながら波を模した表面を指の腹で撫《な》でる。本当にそんな値段なんだろうか？　学のないあたしにはさっぱり判別がつかん。……でも、チキさんが五百万円だって言うなら、信じたい。信じないと。

チキさんがこの指輪をくれた意味、ちゃんと受け止めんと。

「あらぁやっぱり指輪」

「ひょ」

いきなり顔の側でささやかれて、変な声が漏れる。お母さんだった。お母さんはなんかティッシュみたいで、動きに音が少ない。近寄られても気配を感じづらいのだ。

あたしの隣に屈《かが》みながら、指輪をじぃっと見つめている。

「買ったの？」

「いや、自分で買えんからこんなの」

多分。

「そうなんだ」

そこで納得する独特のテンポ、お母さんって感じがする。

聞いた割に、すごくあっさり引くというか。

「誰に買ってもらったの？」

「だれ、って」

お母さんは、あたしのことどれくらい知っとるんやろう？　普段からろくに話をしないから、説明するとしてもどこからすればいいのかもわからん。なに話しても驚かん気はするけど、なに話しても意味があると思えなかった。この人、そういう人やし。

でも聞かれて無言なのもおかしいので、意を決して、言ってみた。

「こ、恋人に……買ってもらった」

嘘《うそ》はついとらん。でもお母さんにそんなこと報告するの、なんか恥ずかしいな。

「あ、いたんだぁ。よかったね」

朗らかな調子で祝福されてしまう。「うん、よかった……」と、もごもご曖昧に返す。

お母さんはそのまま、側でにこにこして動かない。まだ話す気あるみたいだ、珍しく。

そしてこの流れから、どんな人って聞きそうな空気を察した。ので、機先を制す。

機先なんてとっくに過ぎている気もした。

「お母さんはこれ、いくらぐらいすると思う？」

話題を逸《そ》らそうと試みて、でもあまりずらせてないなと思いながら聞いてみた。

「ちょっと見ていい？」

「うん……」

指輪を渡す。表面をカリカリしたり、内側を覗《のぞ》いたり、鑑定っぽい動きをしている。片目を瞑《つぶ》ってじっと見つめると、なにが見えてくるんやろう。見守っていると、「ありがとう」ってお母さんが指輪を返してきた。そして、お母さんが頷《うなず》く。

「ぜんぜんわかりませんね」

「……そっか」

「指輪ってわたしもほとんど見たことないから、なんか楽しいわねぇ」

「そ、そうなんか」

スーパーでうろうろしているだけで幸せそうなお母さんは、全体的な感情が安上がりだ。

「保管するときはね、軽く拭いてからちゃんと袋にでも入れた方がいいわよ」

「袋？」

「うむ」

お母さんがふらっと出ていって、すぅっと戻ってくる。足音はいつも通り薄い。その手には柔らかそうな布と、小さく透明な袋があった。

「まずこれで軽く拭いて……汗は汚れになっちゃうからね」

「ふぅん……」

お母さんにものを教わることは滅多にないから、新鮮に感じてしまう。よく今の自分がそれなりに物事の分別がつくものだと、今更ながらにいい加減な生活を振り返ってしまう。でもその辺りは、お母さんはお母さんで、自分が生きるだけで手いっぱいだったのだ……と、思うことにしている。そして今、こうやってあたしになにかを教えるのは、その余裕ができたってことでそれはいいことなんだろう……と、捉えることにした。

前向きだ、前向き。あたしは今それがほしい。

昼間、捨てられそうだった自分を二度と振り返らないように。

「これにお入れなさい」

「は、はぁ」

いつも変やけど、また違う変なテンションで透明な袋を渡してきた。拭いた指輪を入れて、封をする。お母さんは収まった指輪を見て満足したらしく、畳んだ紙切れを開くように立ち上がる。

「海《うみ》」

そうして部屋を出る前、あたしの名前を呼ぶ。細い顔の輪郭も緩やかに、微笑《ほほえ》む。

「大切にしなさい」

「……うん」

いつもはふわふわ、綿毛みたいに飛んでいくお母さんの声が、珍しくあたしに届いた気がした。

「おやすみ」と夜とはいえ大分早く挨拶して、お母さんが去る。

「大切って……どっちやろ」

恋人か、指輪か。或《ある》いは、どっちもか。

お母さんが出ていくのとすれ違うように、星《ほし》さんが入ってくる。多分、部屋の外で待っていたのだろう。星《ほし》さんもあたしの手元の指輪を一瞥《いちべつ》した後、無言で座った。

「なにその指輪」

「彼女からの贈り物」

「へぇー」

ネズミ返しでもくっついていそうなごつい引っかかりの声だった。

「それ、いくらしたの？」

「五百万円」

「うわーすげー」

まったく信じていない素振りだった。まぁ、そうやろうな。

でもあたしは、一億円でも信じようって気になってきた。

「あんなのの言うことよく信じるね」

あんなのという言い方に、いきなり肩を殴られたような気持ちになる。

「チキさんの悪口は言わんといてほしいんやけど」

あたしへの悪口なんて水たまりに水滴が落ちるくらいの感覚で受け止められるけど、チキさんに向けた悪意にはそんな穏やかでいられない。同じ水たまりをばしゃばしゃ踏み荒らされるみたいで、無視できん。自分はよくて、他人だと駄目って、あたしの価値観は明らかにおかしいのかもしれなかった。

星《ほし》さんは、なにも言わなかった。言い返しもしないし、謝りもしない。体育座りを更に固めて、そっぽを向いていた。まぁ、星《ほし》さんには関係のないことやし。……あたしのこと好きらしいけど、その辺どうなんやろ。詳しく聞いて向き合うのも恥ずかしくて、なんか、曖昧にしてしまっとるけど。

「おわっ」

電話が急に知らん音を立てる。なんやこれ、といつものと違って戸惑っていると、どうやら電話をかけてきたらしい。相手は勿論《もちろん》チキさんだ。チキさんからの電話。飛び跳ねて、なみなみ注がれたコップを持つような手つきで電話を抱えて部屋を出る。

居間ではお母さんが、星《ほし》さんのお母さんに膝枕されていた。あと、この間あたしたちがお土産に持って帰ってきたお菓子を広げている。

「あれぴっぴからの電話なんだってぇ」

「マジで!?　つきのいしいる？」

よくわからん盛り上がりを見せる大人たちは無視してアパートを出る。階段の下まで走って、夜と陰に潜みながらようやく電話に出る。

『こんばんは』

「あ、こんばんは……チキさん」

あたしはバカなので、その声を聞いただけで電話の温度が上がったように錯覚する。

「どうかしました？　電話なんて、初めてやけど」

『ちょっとしてみただけ。すぐ切るよ』

「すぐ……」

『あんまり話していると、海《うみ》が蚊に刺されそうだから』

なんで、外で話しているとわかるんだろう。監視されとる？　ときょろきょろする。

『それじゃあ、また次のデートで』

「え、ほんとうにすぐすぎん？」

『んー、それならね、海《うみ》』

「はい」

『わたしに言ってほしいこととかある？』

リクエストを募集される。……言ってほしいこと、山ほどあるけど。

源流をさかのぼれば、簡単なものに行き着く。

「好きって、いっぱい言って」

あたしがチキさんとの隙間を一切考えなくて済むくらい。

『好き好き好き好き好き好き好き好き好き好き好き好き好き』

「……いっぱいじゃなくてよかったわ、怪しくなった」

『えぇ、言わせておいてぇ？』

おどけるチキさんと一緒にちょっと笑って、電話が切れる。

短いけど、一日をチキさんで締められるなら、悪くなかった。

蚊に刺される前にアパートへ帰る。居間では、膝枕を交代して星《ほし》さんのお母さんが横になっている。お母さんがこちらに人差し指を振ってきたけど、意味わからんので首を傾《かし》げて通り過ぎた。

部屋に帰ると、星《ほし》さんがおかしな姿勢になっていた。正座しながら足の下に手を入れて、床に額を擦《こす》りつけている。胴とお尻が時々揺れていて、なんやこいつ。

「なにそのポーズ」

「最低なこと言いかけたから猛省してる」

「あ、ああ……そうなの」

「ごめんね」

「いや、ええけど……」

そんなチラ見せみたいなことされると、むしろ内容が気になってくる。最低ってくらいやし、相当の罵倒なはず。あたしは人の悪口を思いつく頭もないのだ。……どんなだ？

「絶対怒らんから、言ってみて」

「いや駄目です本当に。本当に」

またグネグネしている。言えって、と揺すりたくなる。でもこれ以上グネグネすると、星《ほし》さんが蛇にでもなりそうだった。蛇はそんな好きじゃないので、諦めてグネグネさせとくことにした。

ややあって。

そのグネグネの向こうから、グネグネしとらん好意が来た。

「好き」

……あたししか、おらんよなと確認して。

「ありがとう。……でもあたし、チキさん好きやから」

「分かってるよ、この前聞いた」

ようやく星《ほし》さんがぐねぐねから解放されて座り直す。

「どうにもならないのは、分かってる」

そう言い切る星《ほし》さんの声には、だけどとか、でも、って続きが聞こえた。

少し泣きそうな表情で、星《ほし》さんがあたしに言う。

「どうしよう」

あたしに聞かれても困るのだった。

だって出せる答えはどれも、残酷でしかないから。


早送りのボタンがあるなら、チキさんと会える日まで飛ばしたいなぁとかそんなことを日中に考えるくらいには時間を持て余していた。

会ってないときは、あたしのまったく知らんチキさんがどこかにいるんやなぁって想像すると、無人島の浜辺にでも座り込んでいるような気分になってしまう。重症だった。

天気と、鬱屈したあたしの気持ちが噛《か》み合《あ》っていないからか不安定な気分だった。

星《ほし》さんは友達に誘われたからと出かけてしまった。昼ご飯は先に作っといてくれたらしい。

そのことについてお礼を言うのを忘れていた。帰って、覚えていたら言おうと思う。

チキさんから貰《もら》ったスマホを手に取る。貰《もら》ってから半年以上経《た》つけど、連絡以外でまったく有効活用していない。チキさんと繋《つな》がれるならそれ以上はないんやけど、他に暇潰しに使えるのだろうか。使い方は少し習ったので、恐る恐る押してみた。

確か、ネットが見られるらしい。……お、できた。ものは試しとチキさんで検索してみる。

検索結果は全然関係ない人だけが出てきた。当たり前やな、本名じゃないだろうし。でも一応、名字も含めてもう一度検索してみる。

「……他には……」

あの人はなにも教えてくれんから、関わりありそうな単語も出てこない。チキさん、美人。チキさん、美女。チキさん、彼女。益体《やくたい》もない検索を続けて、それだけでちょっと満足しているあたしはもう手遅れなのかもしれん。

チキさんと言えば、他に……ちかしぇるたー？　高い壺《つぼ》？　いやそれより、もう少し前。

「そういえば……誰かの名前言っとったな」

和服のチキさんが来たとき、なんか言うとった。チキさんには珍しい失言だったのか、すぐごまかしてたし。誰だっけ……飛騨《ひだ》、比嘉《ひが》、違う、ああ、ひのだ。ひのさんって言ってた。ひの、日野《ひの》……多分この漢字やろって戯《たわむ》れに検索してみる。自動車会社が出てきた。多分違う。でも他に検索するなら……日野《ひの》、お金持ち。なんも出てこない。日野《ひの》、チキ。出るわけない。

「駄目やな」

諦めて電話を置く。こんな名前だけで特定できるわけもなかった。

して、なにがあるわけでもないやろうし。チキさんの家が分かったらそこまで会いに行くんか？　迷惑になるだけやろ、と自嘲する。あたしみたいなのが、でっかい家の表うろついとったら。

テレビの物音に釣られて居間を覗《のぞ》き、その頼りない背中を見つける。

んー……自分のお母さんながら、頼れんけど。でも逆に案外、変なことは詳しいのではって思える人でもあった。ネットという広大な場所で聞くより、もう少し情報を絞れそうな人間に尋ねる方が効率的なのかもしれない。

「お母さん」

「あら珍しい。なぁに」

テレビの料理番組を視聴していたお母さんが振り向く。その番組はお婆《ばあ》さんが料理しているという体みたいで、口調をお母さんが真似《まね》してまったりしていた。まぁ、それはええわ。

「日野《ひの》さんって、知っとる？」

あまりに漠然とした質問だった。知り合いに日野《ひの》さんくらいいてもおかしくないし。

正直なんも期待してなかった。

「知ってるわよぉ」

「うぇ？」

おばあちゃんっぽい声の人が、予想外の答えを返してきた。

「このあたりに住んでいればねぇ。みんな知ってるんじゃないかな」

「あたししらんけど」

「海《うみ》はねぇ」

なんや。あたしがなんなんだ。

部屋を出てお母さんの側に座る。お母さんはお婆《ばあ》さんの作るサラダとあたしを交互に忙しそうに見ている。このお母さんはどんな状況でもぶれない。

「日野《ひの》さんって、有名な人おるんか？」

「人というか、家？」

「いえ」

「おっきい家に住む日野《ひの》さんって、この辺だと有名なのよ」

おっきい家、つまりお金持ち。チキさんと同じ。

まさかなぁとは思うけど、そこまでわかっているなら、もっかい電話で調べたら住所もわかりそうだ。わかって、じゃあなにと思いつつも居間に戻る。

「それで、日野《ひの》さんがどうかした？」

「うん、ちょっと」

「そうなの」

最後までお婆《ばあ》さん口調を徹底して、そして深く追及はしてこない。

ここまであたしに踏み込まんといっそ、お母さんを清々《すがすが》しく感じられた。

居間で体育座りしながら、電話を取る。チキさんからの連絡を待つだけだったこれが、その繋《つな》がりを今示そうとしている。絶対というわけではないけど、微《かす》かな手掛かりになり得る。

もちろん、全然関係ないってことの方がありそうやけど。

でもわざわざ探りに行くんか？　という気持ちもある。当たり前だけど日野《ひの》さんとあたしに面識はない。会いに行って、聞きに行って、なんか教えてくれると思うのは浅はかが過ぎる。

こんな見た目におっきい家に相応《ふさわ》しくないのは門前払いされるだけだ。

仮にされなくても、聞いていいのかって躊躇《ためら》いもある。チキさんを、探るような真似《まね》して。

出すぎている、きっと。チキさんに知られたら怒って、拒絶されかねない。気持ち悪いものを見る目になるかもしれない。いやだ、って昼間の光景がトラウマみたいに蘇《よみがえ》る。

やめといた方が、賢い。

このままなんにも見ないふりして、チキさんに可愛《かわい》がられていれば。

あたしは、バカのまま生きていられる。

バカを選ぶくらいの賢さが、あたしにあるかどうかだ。

……どうしよう、ってあたしが首を傾《かし》げている。

どうしよう、来ちゃったか。

「………どうしようっていうのは、そう」

迷うときは、本当は、どうにかしたいって思ってるだけ。

どうにかしたいなら、動くしかない。

ここで座っていても、このままチキさんと会っても、秘密は一つも解けない。

後ろめたさはあっても、あたしは動くんだろうなって思った。

今日も星《ほし》さんは出かけると、朝食のときに言った。

昨日もそうだし、今日も友達と遊ぶらしい。なんというか、夏休みってそういうものなんやな。あたしも出かけると返したら、「友達?」って返してきた。まさかチキさんの素性を調べるために出かけるとは言えないので、適当にごまかしておいた。

それからしばらくして、化粧を済ませた星《ほし》さんが足早にアパートを出ていく。残っているのはあたしとお母さんだ。そのお母さんは多少なりとも働く気はあるのか、居間の掃除を行っている。自分が過ごす場所だけは綺麗《きれい》にしようという考えかもしれんかった。

「お母さん、留守番お願い」

「任せて」

のたのたとした動きながら掃除しているお母さんが、穏やかに請け負う。

ほんと、頼りない任せてやなと思いつつも部屋に戻った。

あたしは化粧いらんけど、と部屋の隅に保管してある指輪を袋から出す。指輪はつけていくことにした。そのためにチキさんは買ってくれたんやろうし。

指輪を摘んで、灯《あか》りもついていない埃《ほこり》っぽい天井に透かす。

「……どの指にはめればええんやろ」

そんなことから悩まないといけないのだった。

電話を連絡以外で有効活用するのは初めてだった。地図って、便利やな。

何度も立ち止まっては確認して歩いていけば、さほど迷うこともなく知らない道を進むことができた。少なくとも、あたしが縋《すが》ろうとしている可能性よりははっきりしている。

こんなとこ目指しても、まったく無関係である方が当たり前だと思いながらも、足は止まらない。

だってチキさんは、あたしの世界だ。

あたしは世界をもっと、隅々まで知ってみたい。

小さな世界を大冒険するのが、見果てぬ夢だった。

あれから情報を絞って調べてみたら、本当に地元に日野《ひの》って家が出てきた。あたしとは無縁の場所であることは取りあえずわかっている。チキさんなら或《あ》いはって高さにある場所。

日野《ひの》さんの家はそんなに遠くでもなく、でも遠い。どういうことかというと、日野家《ひのけ》となっている場所まで来てみたのに、ちっとも家が見えてこない。なんや、この竹藪《たけやぶ》。竹とか写真以外で見たの初めてだ。

竹藪《たけやぶ》が左右に鬱蒼《うっそう》とした景色を作り、その間に舗装された道が真《ま》っ直《す》ぐ出来上がっている。

竹が風で掠《こす》れる音でいっぱいで、その下にいると蟬《せみ》の鳴き声も遠い。蟬《せみ》って竹は好みじゃないんだろうか。たまたま蟬《せみ》がいないだけかもしれんけど、町のどこにいても聞こえるそれが消えると、夏と秋の隙間に落ちてしまったような気分だった。

てくてく歩いているけど、本当に入っていいんやろうかと不安になってくる。竹藪《たけやぶ》の壮観な景色は、お金でも取れそうなくらい見事で、これも全部日野《ひの》さんの家だとしたら不法侵入ってやつにならないだろうか。こういうとこはいつも、チキさんが手を引っ張って一緒に歩いてくれたからなんとか背を伸ばすことができていた。今は一歩進むごとに、迷いを踏んでいる。

もう引き返そうって臆病なあたしの腰が完全に引けていた。

でも腰が引っ込みきる前に、道の向こうに大きな門が見えてきて、更に萎縮する。ほとんどしらんけど、時代劇に出そうな仰々しい和風の門が年季入った姿であたしを出迎える。

門は固く閉ざされていた。どうするんやろ、これ。呼び鈴？　まさかノックするんか？

それ自体が家かなにかの高さみたいに大きく、よじ登るのはどう見ても無理だった。

「なんだきみぃ」

木々を掻《か》き分《わ》けるような音がしたと思ったら、そのまま声をかけられて飛び跳ねそうになる。

上半身を一度震わせて、肩と肘が固定したように動かなくなったまま、ぎこちなく振り向いた。

脇の竹藪《たけやぶ》を掻《か》き分《わ》けて現れたと思《おぼ》しき女の子が立っていた。

赤い縁の眼鏡と、大きなリュックと、あとシャツの胸元の盛り上がりが印象的だった。

……チキさんよりデカくないか？

「わたしはながふじぃ」

「あ……？　あ、そうなん、か」

ながふじぃ？　がずれていた眼鏡をくいくいと上げている。……今の、自己紹介なんか？

「この家の子ではないと見た」

「は、はぁ」

「日野《ひの》に妹はいなかったはず……いやでも聞いたことないから、実はいてもおかしくないな。家広いし、まだ行ったことない場所にいてもわかんないしなぁ」

うーむ、と難しい顔で腕を組んで唸《うな》っている。着ているシャツの中央には師と大きく描かれていた。

誰のだ。

「どうかね？」

「いや違う、ます、けど」

「やっぱそうだよねー。よし、今日は冴《さ》えてると勘違いできそうだ」

会話が成立しているはずなのに、相手のペースがこちらをまったく考慮している感じがない。チキさんともまた違う、独特の歩みの思考をしているみたいだ。この女の子……女性……？大概の同年代の女子は自分より背が高いので、歳《とし》の差が読み取れない。

そして結局、誰？　この家の人なんか？　竹藪《たけやぶ》からざんざか出てきたけど。

「あら、お嬢様のお友達の」

門の脇にある勝手口から、別の人が出てきた。こっちは間違いなく、この家の人だった。なんか和服……なんて言うんやっけ、お手伝いさんの服……割烹着《かっぽうぎ》？　そう、割烹着《かっぽうぎ》の中年の女性だった。銀のバケツに雑巾を三枚引っかけていた。

「こんにちは」

「はいこんにちは。お嬢様は今出かけていますよ」

「あらあら」

「帰ってくるまで待ちますか？」

「勿論《もちろん》ですとも」

足取り軽くながふじぃが勝手口へ向かう。割烹着《かっぽうぎ》の女性はあたしをじっと見ていて、ながふじぃのシャツの袖を引っ張って尋ねる。ながふじぃはそこで一瞬、疑問符を浮かべるように固まってから、「おお」と思い出したように振り返った。一瞬で忘れたんかい。

「あちらも同級生……ですか？」

「日野《ひの》の友達ではないですけど、今そこで友達になった子です」

「え」

あのやり取りで育まれた友情はあたしには見えなかった。どんな材質で出来とるんやろう。

「はぁつまるところ……当家になにかご用で？」

「えぇっと、あの……」

来訪の説明が難しい。日野《ひの》って言われても、日野《ひの》が誰なのかわからん。みんな日野《ひの》じゃないのか。この日野《ひの》かもまだわからんし。この人に聞いてもわかるんやろうか。

「日野《ひの》さんに、聞きたいことがあって」

ここまでの話からすると、同い年くらいの日野《ひの》がいるみたいやから、多分その人に会うのが一番自然だろう。不自然の塊がちょっと端っこ溶けるくらいなのを、自然って言い張れば。

「お嬢様の学友、ではなさそうですね」

「いやぁ、わたしの知らない日野《ひの》の友達はいませんからね」

「まぁ」

割烹着《かっぽうぎ》の女性が口元を押さえつつ笑う。

「でも日野《ひの》とも友達にはなれるかもしれないので、会わせてみましょう」

「要領を得ない理由ですが、お客様……でいいのでしょうかね」

バケツを持ったまま、割烹着《かっぽうぎ》の人があたしを観察するように見つめてくる。その横をうおおおと大げさに走り抜けようとしたながふじぃはあっさり首根っこを摑《つか》まれた。

「うぃーん」

「もう重くて無理です」

ながふじぃがぽいっと放り捨てられた。ながふじぃは満足したように、テカテカ笑顔になっている。

「取りあえず、悪人には見えませんね」

「あくにん」

悪人顔。多分、会ってきた大人たちと、同級生の、いくつかの顔。

あたしにとっての悪は、あたしを許そうとしないものだった。

「家に入れることは私の一存では難しいですが、どうしても用があるのなら、ここで待ちますか？　それなら、まぁ大した問題ではないでしょう」

ここって、門の前か。見回すと、竹藪《たけやぶ》の奥に宿る深緑が目に気持ちいい。

「じゃあ、それで」

返事をしてから、ふと、思いついたことを聞いてみる。

「そのお嬢様って、女子高生ですか？」

「はぁ、そうですが」

「なるほど……じゃあ、待ちます」

なんのことだか、という顔をされている。あたしも頭おかしい質問してるとは感じている。

でもチキさんがもしもここに来ているなら、その女子高生を見逃さないと思うのだ。最低、声はかけていく。だから、覚えている可能性があるかもなって淡い期待を抱いたのだ。

割烹着《かっぽうぎ》の人は、まだあたしを見ていた。でも最後に、薄く笑った。

「暗く、寂しい顔だこと」

「へぇ？」

「一応、荷物だけ確認させてもらえますか？」

「あ、はい……」

こんなおっきい家やと、そういうこともするんやなぁって変な感心をしてしまう。荷物と言っても持ってきたのは携帯と財布と、後は指輪だけだ。どれも形式上と言うくらい、さっと見ただけで検査が終わる。

「わたしはどうでしょうかっ」

「いいです」

どうでも、と言外に付け足されたように思えた。ながふじぃへの扱いがぞんざいになるのは、これまでのやり取りから察するになんとなくわかるのだった。なんというか、適当だし。

でもこのながふじぃのお陰？　で、待つことくらいは許されたみたいだった。

これでまったく関係なかったら、どんな顔して帰ればええんやろ。

「お嬢様も直《じき》に帰ると思いますので、それでは」

割烹着《かっぽうぎ》の人が引っ込む。勝手口の扉も十分立派というか、大げさな作りで通るだけでちょっと厳粛な気持ちになりそうだ。とにかく待っていいらしいので、表門の脇に移動する。

竹藪《たけやぶ》と道を隔てる藁《わら》を束ねたような壁を背にしながら、控えめに屈《かが》んだ。

「よっこいよっこい」

「入らんの？」

家に入れんのはあたしだけやと思ったら、ながふじぃも隣に座って落ち着いてしまう。

「あの家の中に日野《ひの》はいないからねー」

「ふぅん……」

わからんけど、あたしに付き合ってくれるみたいだ。会って五分も経《た》っていないけど、本当に友達のつもりなのかもしれない。まぁ、何十分経《た》ったら友達になれるとか、そんな定義あったらおかしいんやろうけど。

竹藪《たけやぶ》が作る大きな影の下にいるからか、真夏の昼間にしては炙《あぶ》られない。見上げると、少ない風の中で長い竹がささやくように揺れている。緑色の風が見えてくるようだった。

「日野《ひの》に聞きたいことがあるんだって？」

「うん……うん、多分」

「だがその前に探偵永藤《ながふじ》さんが全てを明かそう」

あんたの方が明かすんか？　ながふじぃが人差し指を突き付けてくる。

「きみはずばり、日野《ひの》の釣り仲間」

「いや、ぜんぜん……釣り、やったことないし」

「迷宮入りだ」

諦めたように強く首を振る。どこまで本気なのか受け取りづらいやつだった。黙ってじっとしてると、横顔は大人しさと才知を兼ね備えているように映るのに。でもそれは、眼鏡がけっこういい働きをしているだけかもしれなかった。

「日野《ひの》さんは釣りやるんか？」

「うん、今日もそうじゃないかな。めったに釣ってくることないけどね」

「あー……始めたて？」

「いやぁそもそも釣り糸垂らしてぼーっとしているだけのときが多いから」

「なんやそれ」

「おかしなやつだぜー」

まだ日野《ひの》さんとやらに会ったことないけど、ながふじぃに言われたくはなさそうだと思った。

ながふじぃが爪先で地面に○を作るのを眺めていると、さっきの割烹着《かっぽうぎ》の人が戻ってきた。

今度はバケツではなく、お盆を運んでくる。お盆の上には見ただけで喉が鳴るような透き通った麦茶入りのグラスと、お茶菓子が二組載っていた。

「よかったらどうぞ」

「あ、すいません……」

なんかしらんけど、チキさんと出会ってからやろうか。いいひととの遭遇率が高い。

チキさんに、星《ほし》さんに、星《ほし》さんのお母さんに、この人に……ながふじぃ？

「いえいえ」

なぜか割烹着《かっぽうぎ》の人じゃなくて、ながふじぃが謙遜した。当然のように無視して、割烹着《かっぽうぎ》の人はにこやかに去っていく。ながふじぃとあたしの間に置かれたお盆も、きっと高いのだろう。ながふじぃはなんにも遠慮しないでグラスを取る。あたしも、慎重にそれを取った。熱を握っていた手のひらが、指先から一気に解放されていく。肩まで冷気が伝い、重苦しかった暑さが抜けていくようだった。心も湿気を解消できたように、ほっと軽くなる。

麦茶を少し飲んで息をつくと、竹藪《たけやぶ》の下で過ごすこの時間が、ゆっくり、胸に下りてくる。贅沢《ぜいたく》にくすぐられて戸惑い、高揚で指がざわつく。チキさんに連れられて、よく味わうことになる感覚だ。話したらあの人は、いつもなんでか嬉《うれ》しそうに『よかった』ってあたしの頭を撫《な》でるのだ。

「わたしは永藤《ながふじ》ね」

やや遅れて、自己紹介が来る。ちょっと短くなった。

「うん……あ、あたしは水池《みずいけ》……海《うみ》」

「みずいけうみ。ふむ……」

思わせぶりに遠い目で、考え込む雰囲気を作る。そしてそのまま、お茶うけのお菓子をぷすっと木のフォークで刺す。

「このお菓子おいしいよ」

「そうなんか……」

距離感が摑《つか》めん。そして確かに、一口かじったお茶菓子は美味《おい》しかった。見た目は羊羹《ようかん》なんやけど、中に別のものが入っとる。その部分だけ指で取って舐《な》めると、栗《くり》の味がした。甘さも舌の上での溶け方が鮮やかで、チキさんと同じ空気を感じた。高いものは大体、さらりとしている。

「うーみんって日野《ひの》より小さいね多分」

「うーみん!?」

「歳《とし》いくつ？」

「……十七」

唐突なうーみんに面食らいつつ答える。そして、うーみんはまた投げ捨てられる予感がした。

「十七歳？　おや、年上？」

「高二」

そっちは、と暗に聞いたのに永藤《ながふじ》は揉《も》み手《で》を返してきた。

「どう呼びやしょう先輩」

「……好きに呼んで」

「んー、ずいみーかな」

逆にうーみんはどこから出てきたんや。

それからはお茶菓子の残りを食べて、お茶を飲み、竹の香りを含んだ風に吹かれてと健康によさそうな時間を過ごした。永藤《ながふじ》はお茶を飲み干すまでは大人しかったけど、なくなると暇そうにうろうろし始めた。なにかを鑑賞するわけでもなく、本当にただ歩き回っているみたいだった。時々、門を乗り越えようと試みるみたいに近寄っては手足をかけて、すぐに諦めてまた離れていく。蟬《せみ》が歩いているような動きだった。あたしはそんな永藤の様子を目で追いながら、変な友達が増えたことを喜ぶか悩んでいた。

「あ、日野《ひの》だ」

永藤《ながふじ》が嬉《うれ》しそうに道の向こうを指差す。指した先には深く帽子を被《かぶ》り、釣竿《つりざお》を肩に担《かつ》いだ小柄な人影があった。向こうも永藤《ながふじ》に気づいたらしく、途中から走って近づいてきた。

永藤《ながふじ》に合わせて、あたしもお盆を持って立ち上がって出迎える。早くも腕に見える日焼けと、小さくお下げのように二つに分けて纏《まと》めた髪、そしてなるほど、背丈はあたしといい勝負だ。

「おかえりー」

「おぅ。あのな、来るなら言えって。来るなら待っててやったのに」

「急に行こうって思い立ったので。わたしはそういう気持ちを大事にしたい永藤《ながふじ》なのであった」

「あーそー。ま、お前が暇なだけだからいいけどさ」

　釣果《ちょうか》は芳《かんば》しくなかったのか、青いバケツの中身は水だけだった。さっき永藤《ながふじ》が言ったように、釣り糸を垂らしに行っただけなのだろうか。その釣竿《つりざお》と肩が開き、あたしを捉える。

「で……そっちは誰よ」

「ご存じない？」

「いやもうさっぱり」

「あいやー」

　永藤《ながふじ》が額をぽーんと叩《たた》く。日野《ひの》はそれを一瞥《いちべつ》して、綺麗《きれい》に無視した。

「ま、いいや。この際だ、こんにちは」

「ど、どうも」

　あたしくらい背の低い子は、しかし姿勢が堂々としていた。あたしが言うのもなんだが、ちっこいけど立っているだけでなにかを感じさせる。どことなく、チキさんの雰囲気に近い。富裕の時間を積み重ねてできた物腰があった。

「こちらずいみー」

「スイミー？」

「水池海《みずいけうみ》、です」

　永藤《ながふじ》の友達なら、この子も年下なんやろうかと思いつつ挨拶した。

「日野《ひの》さん、に聞きたいことがあって」

「わたしにぃ？　ぇぇ、なによ。つーか誰だほんと」

「新しい友達さ」

永藤《ながふじ》が横から助け舟？　を出してくれる。その永藤《ながふじ》はいつの間にか眼鏡を外していた。不都合ないんやろうか。

「ほーん友達。……いいよ、中で話そう」

顎の動きで、行こうって指し示してくる。あっさりと決めてしまったことに戸惑い、勝手口へちゃっちゃか向かう背中に声をかける。

「あたしが言うのもなんやけど……あの、いいの？」

「暑いとこで話すと、お前のことすぐ嫌いになりそうだからな」

そこで日野《ひの》は初めて、にかっと白い歯を見せた。

「永藤《ながふじ》の友達なんだろ？　じゃあいいじゃん」

「あ……」

気のいいやつ、っていうのはこういう子に捧《ささ》げればいい評価なのだろうか。

「友達だぜー。十五分くらい前にそこで会った」

「決めてから信用落とすなよ……まぁいいや。さっきもっと怪しいやつ見たからなー、あれよりは普通だと思えばなんてことないな」

日野《ひの》が思い出したように短く笑う。

「怪しいやつとな。わたしよりかね？」

「いい勝負だな。宇宙服着てるやつが釣りしてた」

「んむ、手強《てごわ》そうだ」

うちゅうふく？　と首を傾《かし》げながら最後尾にくっついていく。

「永藤《ながふじ》はわたしの部屋に行ってろ」

「なぜだい？」

「いやお前一応関係ないだろ、多分」

「そうなのかい？」

「蹴るぞ」

言っている間に永藤《ながふじ》のお尻を蹴っていた。勿論《もちろん》本気ではないし、永藤《ながふじ》もぎゃーぎゃー逃げ回ってじゃれている。随分仲がいいらしい。気心が知れていて正直、羨ましい。

あたしとチキさんの間に欠けているのは、こういうものなのだと思う。

案内された門の向こうは、あたしと無縁のものだけで構成されていた。真っ白い砂利、奥に広がり続ける建物、その向こうの木々が広がる森みたいなのも庭なのだろうか。あたしとお母さんが庭にこっそり住み着いていても見つからない気がする。でも木の間にお母さんが立っていたら幽霊と間違えられそうだな、とも思った。

圧倒されながら、二人の背中についていく。チキさんに関わろうとすると、場違いな場所にばかり足が向かう。チキさん自身がそういう世界に住んでいるからだ。

玄関を通るとき、横の柱から木の香りがした。この家の匂いはどこも澄み渡っている。

他と比べて明らかに汚い靴を脱いで、端っこに、目立たないように揃《そろ》えた。チキさんと一緒に外を歩くときもこれを履いていると思ったら、急に恥ずかしくなる。チキさんまで変な目で見られるのは嫌だから、次に会う前に靴を買いに行こうと決めた。

それで、新しい靴に気づいて褒めてくれたら……幸せになる道が、一つ見つかる。

長い通路の向こうから、さっきの割烹着《かっぽうぎ》の人がやってくる。

「お帰りなさい」

挨拶しながら、日野《ひの》の持っているバケツと釣竿《つりざお》を受け取った。

「うん。あ、これ連れて行って」

「はい」

「本日よりこれとなります」

会釈《えしゃく》する永藤《ながふじ》を、割烹着《かっぽうぎ》の人が猫みたいに摑《つか》んで運んでいく。流れるように進んでしまって、持ってきたお盆を渡す機会を逸した。それを見てか、日野《ひの》がお盆をあたしの手から取った。

「わたしが片付けてくるよ。お前は、えーっとそこの部屋で待っててくれ」

「うん」

日野《ひの》の指した通路途中の部屋へ、言われたとおりに真《ま》っ直《す》ぐ向かう。他人の家を一人で歩くことに慣れていないから、変に緊張してしまう。声かけられたらどうしようとか、心配がぐるぐるしていた。……こう比較すると、星《ほし》さん家には結構慣れたんやな。

ゆっくり扉を開けて、中を覗《のぞ》く。人はいない。ふわっと、涼しい空気が鼻をくすぐってくる。なんとなく扉を中途半端《ちゅうとはんぱ》なところまで開けて、肩から滑り込む。

和風のお屋敷《やしき》である外装と異なり、その部屋の中は洋風のものだけ置かれていた。チキさんと泊まったホテルに、調度品や光の具合が似ていた。すっと顔を横にやると、整った空気を吸い込める空間だ。埃《ほこり》っぽさがなく、気持ちが涼しい。

カステラみたいな色のテーブルを挟んで椅子が二つとソファが置いてある。どっちに座ればええんかなとうろうろして、椅子の方にした。椅子はあたしが座ると隙間が多すぎるくらい大きく、肘掛けが遠かった。足の上に手を揃《そろ》えて、四角形になった気分で固まって待つ。

壁に飾ってある絵に、げーじゅつせいを感じようと睨《にら》んでみたけど、ぜんぜんわからん。なにを描いてるのかすらわからん。蜘蛛《くも》の巣《す》みたいに線がいっぱいあって、色が重ねてあって言い方はなんやけど落書きにしか見えんかった。多分、この家の人に言ったら蔑まれる。

薄く引かれたカーテンの向こうには、森か山かと思うような鬱蒼《うっそう》とした景色が見える。そこに大量に生息しているであろう蟬《せみ》の鳴き声がここまで、けたたましく届く。

チキさんもここで、こんな風に蟬《せみ》の声を聞いていたんだろうか。

一人黙っていると、後ろめたさが息を吹き返す。探るようなことをして、本当にいいんだろうか。バレたらチキさんがどんな態度を取るのか、想像しただけでも睫毛《まつげ》が震える。否定は、怖い。あたしにとって、否定こそ悪だ。チキさんが悪い人になったら、あたしはもう生きていけないと思う。このまま、チキさんに与えられたものだけで生きていっても、幸福は続くだろう。

それでも、あたしは。

扉が、大きく開いた。

「お、ちゃんと座って待ってる。永藤《ながふじ》とは違うな」

「あぁ……」

ちょっとしか見とらんけど、さっきの永藤《ながふじ》の動きを見ていると察するものはあった。

帽子を取ってきた日野《ひの》が藍色のソファの上にあぐらをかく。

「で、うーみんさぁ」

「うーみん⁉」

「聞きたいことあんだろ？　まったく知らんやつがなにを聞くのか、ちょっと興味あるんだ」

「あ、うん……」

度胸あるなぁって秘《ひそ》かに感心する。あたしは他人に声かけられるの、相当無理やし。

それにしても、なんなんやこの世界。

あたしの額にでも書いてあるんだろうか、うーみん。

「そうやね、じゃあ聞くけど何日前や……」

心の中で指折り数える。夏休みが始まる直前やったから、と目星をつけて。

「十日くらい前やと思うんやけど、この家に誰か来んかったかなって」

「誰かってもな、うちはしょっちゅう誰か来るぞ」

お前とかな、と日野《ひの》が笑う。確かに、こんなよくわからんのも招き入れるくらいだし門戸は広そうだ。

「お客さんの名前は？」

「……わからん。それを知りたいんや」

大穴でチキさんが本名……はないと思うんやけど。

「んー？　なに、お前探偵？　ストーカー？」

日野《ひの》の目があたしを訝《いぶか》しんで細まる。なにと聞かれて、答えることのできるものはチキさんから貰《もら》った。それを明かせるか、掲げられるかは、あたし次第。

そういうこと聞きたいのかとか、そんなことはおいといて。

ぐっと、喉が引きつるくらい上を向いて、目を逸《そ》らさない。

「か、彼女だけど」

「おおっ？」

日野《ひの》が額を小突かれたように驚く。面食らって、一拍置いて、「え？」と顔が傾く。

「彼女なのに名前知らんのかい」

「……教えてくれんから」

「えぇそれってさぁ……ま、そこはわたしが言うことじゃねーのか。それじゃあ、名前はいいや。どんな人みたいなのある？」

「その日は和服を着とった人」

「和服のやつ多いんだよなうち……他になんか尖《とが》った特徴は？」

「美人で、優しそうで、あと……おっぱいが大きい」

言うか迷ったけど、一つでも情報あるといいかと思って伝えた。「ほーんほーん」と咀嚼《そしゃく》でもするような調子で頷《うなず》いていた日野《ひの》の動きが途中で止まる。

「ん？　美人で、優しくて乳デカい人の……彼女なの？」

「そうやけど……」

なんの気なく肯定してから、しまった、と血の気が引く。チキさんと会って、あの人を好きでいるのが当たり前すぎて、感覚が麻痺《まひ》しとったかもしれん。

好奇の目で見られるかと身構えて、肩が強張《こわば》る。

日野《ひの》は驚きを隠さず、露《あら》わにしつつも「ほーんほーん」とまた頷《うなず》いた。

「なるほどそう来ましたか。んー、んぅー、よし！　いいやな、別に」

意外とあっさり受け流してきた。日野《ひの》は見た目より大人なのかもしれない。或《あ》いは深く関わるのは面倒だから流しただけかもしれんけど。

「美人ねぇ……十日前……あー……あぁ？　あー、あ、分かった。乳のデカい美人はいたな」

「本当？」

家の在り方をここまで見てきて、チキさんの存在に違和感がない場所だと感じたから、多分、とは思っていたけれど。いざ繋《つな》がりを確かなものとされると、胃が痛むように引き締まる。

後ろめたさと、身を乗り出して覗《のぞ》き込《こ》みたくなる矛盾が押し寄せる。

「そう、変な女が声かけてきたから覚えてる。帰る前に女子高生か聞かれてついでのようにナンパされた」

「……あの人は……」

間違いなくその人だった。二人もいたら怖いわ、そんなの。

「その人……やと思う」

「ふぅんあれかー。確かになんか胡散臭《うさんくさ》かったもんな、爽やかすぎて」

酷《ひど》い言われようだけど、あたしもそう感じたことがないと言えば嘘《うそ》になるので反論しづらい。

「教えることはできるけど、わたしが教えちゃっていいのかね」

腕を組んだ日野《ひの》が逡巡《しゅんじゅん》するように目を泳がせる。

「教えないってことは、教えたくねーってことだしな。それ自体が正しいかはさておき」

「……そうなんやろうね」

日野《ひの》の足踏みはとても常識的で、あたしが非常識。きっと間違えている。

「でもあたしは……なんも知らん人と付き合って、知らん顔と名前にずっと向き合うのは、嫌だから……」

もしかすると今、この地球上であたしだけがチキさんの本当の名前を呼べんのかもしれん。

あたしだけが。

なんで？

その疑問が、ここまであたしを動かしてきた。

日野《ひの》には、なんの関係もない事情なんやろうけど。

日野《ひの》は、あぐらに不格好な頬杖《ほおづえ》を突き、傾いたままじっと目を凝らして。

指が頬をリズムよく叩《たた》いて、刻み終えた後に。

「……そもそも、名前忘れたわ。ちょっと待ってろよ」

日野《ひの》がソファから勢いよく立ち上がり、早歩きで出ていく。確認するってことは、教えてくれるんかな？　そわそわしてしまう。大人しく待つべきだから足は動かせないけど、代わりとばかりに上半身がぐねぐねする。視線もあっちこっちに行ったり来たりして「うぇっ」。

窓の外に、にゅっと顔が生えた。お金持ちは庭で人間まで飼っているのかと身構えたけど、赤い眼鏡が見えた。

「あ、永藤《ながふじ》か……」

びっくりした。目が合っているけど、こう、反応に困る。

しばらく見つめ合っていたけど、すぅーっと下がって窓枠から消えた。

「わからん……」

うちのお母さんともまた違うふわふわ具合だった。

日野《ひの》が戻ってくる。軽く赤みを帯びた日焼け痕が痒《かゆ》いのか、ぽりぽり掻《か》きながら。

「色々考えましたが」

「は、はい」

「せっかく来たんだし名字だけ教えとく。地に平らで、地平《ちたいら》。その家の人間だよ」

「ちたいら……」

ちたいらさん。……下の名前にきとかつくんかな？　それで、チキさん。

……まさか、本当に知ることができるなんて。それも、地元で。

「で、聞きたかったのはそれだけか？」

「うん……ありがと」

本当に聞いてよかったのか、まだわからないけど。

ちたいら。チキさんの、本当の名前。これでチキさんの親指の爪くらいは、本当に見えてきた感じだろうか。……しかしなんで、彼女の名前知るのにこんな遠回りが必要なんやろ。

「そうか。さてと……どうせ、こっちにいるだろ」

日野《ひの》が部屋の扉ではなく、窓際《まどぎわ》に向かって歩いていく。応えるように、さっきと同じように頭が生えてきた。あたしは知っとったけど、なんで日野《ひの》もわかるんやろう。

日野《ひの》が窓を開けると、永藤《ながふじ》の手が部屋に伸びてくる。船幽霊の手みたいだった。

「ふ、わたしがいるとよく分かったじゃないか」

「そっちにいるパターンだからな」

手を払いながら日野《ひの》が得意げに笑う。なんかしらんけど、本当に仲良さそうだ。相手に許していないものがないくらい、心が寄り添っているように見える。

あたしとチキさんも、こういうとこを目指したいんやけど。

窓を閉じて少し経《た》つと、永藤《ながふじ》が何事もなくちゃんと扉の方から入ってきた。日野《ひの》の隣の椅子に座ってから眼鏡を外す。その眼鏡を日野《ひの》が取り、なぜか自分にかけた。

「それ、大事なやつ？」

眼鏡越しに、日野《ひの》があたしの指先について問う。見下ろすと、マリンブルーの指輪が鈍く光る。

「その指輪だけ格好から浮いてるからさ」

「やっぱ、そうかな……」

あたしが身につけるものとしては価格が違いすぎるのかもしれない。

「他の人間の意思を感じるね」

永藤《ながふじ》が難しいことを言っとるけど、わかってなさそうだなと思った。

「これ貰《もら》ったんやけど、五百万円するって言われて」

「へぇー、五千円くらいにしか見えんけどな」

「時価五億ドルと見た」

「新学期までに眼鏡新調しとけよ」

日野《ひの》が永藤《ながふじ》に眼鏡を返して、立ち上がる。

「帰るなら見送るか。ほらお前も行くぞ」

日野《ひの》が永藤《ながふじ》の肩を押す。「やー」と永藤《ながふじ》が押し返して日野《ひの》を座らせた。

「お前はなんなんだ」

「ながふじぃ」

「いいから。ちょっと江目《えのめ》さん、これ運んで」

部屋の外に呼びかけると、すぐに割烹着《かっぽうぎ》の人が入ってきて永藤《ながふじ》を摑《つか》んで運んでいく。

「うぃーん」

「大きくなりましたねぇ、本当に」

割烹着《かっぽうぎ》の人の苦笑には、お互いの間にある確かな年月の積み重ねが見えるのだった。

日野《ひの》と永藤《ながふじ》、それに割烹着《かっぽうぎ》の人もそのまま玄関先まで出てきてくれた。

こんな急に来た素性のしれんのでも、ちゃんと見送ってくれるんやな。

「お気をつけて」

「はい。あの、お菓子とお茶ありがとうございました」

頭を下げると、髪がぶわっと跳ねて相手の顔に当たりそうになった。慌てて退く。

髪、そろそろ一回切ってもいいのかもしれない。……切る前に、チキさんはどっちがええか聞いてみるか。

「それじゃな」

「幸あれ！」

横の方はいかにも適当に見送ってくれて、でもちょっとおかしかった。

そんなこんなで三人に見送られて、日野家《ひのけ》を後にする。なんていうか、みんないい人やった。

あたしの知っとるいい人のバリエーションでは追いつかない、色んな善良の形があった。

なんで今まで、あたしは滅多にいい人に出会ってこなかったんだろう。

きっとその辺にあたしの頭の悪さとか、下を向いていることとか、そういうのが関係しているんだろうって思った。生き方に相応の出会いがあるとしたら、あたしは今、少し、前を向いてもいいのかもしれなかった。

「……あ」

竹藪《たけやぶ》を見ていて、今頃思い出す。

ここからガサガサと永藤《ながふじ》が現れたの、相当おかしいんやけど。

「……まぁ、ええか」

他も大体おかしいやつやったし。

恐らくもう会うことはないだろうと、そそくさと帰った。


あたしは、前進したのだろうか。

付き合うとか浮かれてたけど、結局なにも教えてくれんし。

それで、勝手に調べようと動いて、今更ぐぅっと後ろめたくなって。

心細さと自己嫌悪《けんお》で、気持ちがべとべとになっている。呼吸する度、胸が苦しい。

心なんて見えんものが、身体《からだ》全体を支配している。

人間って、なんでこんな不安定な生き物になってるんやろう。

「ねぇ、なにか落ち込んでる？」

布団《ふとん》の上で体育座りしていたら、シャワーの湯気を連れ立つ星《ほし》さんが声をかけてきた。

「……べつに」

「あ、そ」

態度、悪かったかな。乱暴に座った星《ほし》さんが、扇風機を足で横着に操作する。

しばらく、お互いの間を羽の回る音だけが行き来していた。

星《ほし》さんの方もなんでか憂鬱そうな雰囲気を出している。濡《ぬ》れた髪と相まって、雨にでも打たれているように見えた。その髪の向こうにある目は暗く、俯《うつむ》いているのが似合っている。

どこかで、見たことのある目だった。

それはそう、駅のトイレの鏡に映っていた。

「言えよ」

急に顔を上げて、星《ほし》さんが噛《か》みついてきた。なんやこいつ、とちょっと思った。

でも星《ほし》さんなりに気遣ってくれたのか、とすぐ思い直す。

なにするにしてもいい人なんだ、この子は。

その星《ほし》さんが、噛《か》みつきかけていた声と顔をすぐに引っ込めてバッて、横を向く。なんかったんかと視線の動きを追って考えると、ん？　となった。視線は、あたしから逃げたのだ。

その目が向かっていたものを更に細かく思い出すと、「あ」とあたしの胸元に行く。

あたしの胸を上から覗《のぞ》いて、すぐに目を逸《そ》らしたらしい。

……シャツ緩いもんな、どれくらい見えてたんやろ。

今更隠しても遅いのに、シャツを引っ張って着直す。

……で、どうすればええんやろ、この空気。裸くらい、前に見せたことはあるけどそれとはまた違う恥ずかしさもあるもんなんやな、と感じる。チキさんも以前にそんなことを熱く語っていた気がする。眠かったので適当に聞き流したけど。

「星《ほし》さんって」

「なんも別にないけおど」

早口で噛《か》んだ。その上、耳が紅しょうがで出来とんのかってくらい赤く腫れぼったい。

「けっこう、えっちな人?」

座ったまま、星《ほし》さんが浮遊するように飛び跳ねた。

着地して、姿勢も首の向きもそのままに、硬い声が来る。

「じゃないです」

「ふぅん」

「普通じゃない、普通くらい」

「普通か」

健全に、あたしの胸が好きなのか。星《ほし》さんも、逃げ続けるのを悟ってか引き返してきた。

「……しょうがないじゃん、好きなんだから」

ぽつりと、言い訳めいたものをぶつけられる。

「わかるけど」

あたしも、チキさんのおっぱい好きやもんな。恥ずかしいくらい。

「……好きなんだ」

なんでか星《ほし》さんは自分に確かめるように、もう一度そっと呟《つぶや》く。

ほっとするような気持ちさえ乗っているようで、一体、なんなんだろう。

しっとりとした物言いやけど、胸の話と密接しているからなんか空気が締まらんな。チキさんもあたしの胸を……まぁええわもう、この話は。色々、芋づる式に思い出してしまう。変な夜やった。星《ほし》さんも加えて、一緒に泊まって、二人で電車に乗って帰って。

旅行みたいやけど、なんかすごく疲れて…………あれ？

あのときの電話に出ていた名前を、ふと、思い出す。

地平《ちたいら》さん。

ちたいらさん。チキさんの本当の苗字《みようじ》。

あのときはなんてことなく見過ごして、意味のなかったその名前。

なんで、星《ほし》さんの電話にその名前が映っていたんだ？

それも、あの夜を迎えてからの帰り道で。

「…………………………まさか」

その呟《つぶや》きが星《ほし》さんに聞こえなかったのは幸いだったのか、それとも不幸の走りだったのか。

星《ほし》さんがさっきまでの空気に耐えられなくなったのか、バスタオルを巻きつけるようにしながら部屋を出ていく。ここで離れなかったら、あたしはなんにもできなかっただろうに。

運命って、こういうことなんやろうか？

星《ほし》さんがいなくなって少しだけ待った後、部屋の端に素早く飛びつく。星《ほし》さん自身はすぐシャワーを浴びたから消えたかもしれんけど、持ち運んでいる鞄《かばん》なら、と犬みたいに鼻を近づける。ちゃんと鞄《かばん》に当たる前に顔を止めたのに、殴り返されたような衝撃が来る。

あたしの一番好きな、花の香りがした。

思わず床を押して、跳ね上がるように振り返る。激しく振った頭がなにに突き動かされたか、理解は遅れた。奥歯が欠けるんじゃないかと思うほど強く噛《か》み合《あ》い、右手の親指が迸《ほとばし》るようにぎこぎこと動き回る。

自分の中にこれほど、こんなにも、熱く焼けた石を呑《の》み込《こ》んでいたとは思っていなかった。

目の動きとまったく相容《あいい》れず、部屋の壁が横に回り続ける。

耳鳴りが、世界の隙間を埋め尽くした。

名前を知ったその日に、こんなことを思い出してしまう。

なにかの前兆か？

事態が動き出すために、あたしの背を叩《たた》いて走らせているのだろうか？

証拠なんてあるわけでもない。でも星《ほし》さんは女子高生で、チキさんは女子高生を愛《め》でるのが趣味の、ある意味終わってる人で、星《ほし》さんはなかなかかわいくて、チキさんも好きそうで、花の匂いで、地平《ちたいら》さんで、とぐるぐる不穏がかき混ぜられて、心がどんどん部屋の隅みたいな暗闇に追いやられる。

チキさんと星《ほし》さんが、ホテルで二人きりになって話していたときの光景が蘇《よみがえ》る。

思い出しながら、一度覚えた疑念の消し方もわからないで、布団《ふとん》に転がる。

「……ちたいらさん」

初めて、あの人を本当の名前で呼ぶ。

星《ほし》さんが知っているとしたら、あの人が直接教えた以外にはない。

あたしに教えないで、星《ほし》さんには名前を教えている。

もしかするとそれが、一番許せなくて、寂しいのかもしれなかった。

寝つけないまま、ずっと、色々、考えた。

これも恋わずらいなのだろうか？　眠れないのに身体《からだ》と心はどんどん消耗して、途切れない暑さに参って本当におかしくなりそうだった。なんらかの病気であることは間違いないように思う。

星《ほし》さんは、チキさんの本当の名前を知っている。

それをあたしに言わない。言う理由もないかもしれないけど、教えてくれてもよかったのに、と思ってしまう。そしてチキさんは、星《ほし》さんと連絡を取っている。実際に見たのは一回だけど、それから何度も会ったのかもしれない。友達と出かけるっていうのは、全部嘘《うそ》だったのかもしれない。

疑い出すと、なんにも信用できなくなる。

星《ほし》さんのなにを信じていたのか、忘れそうになる。嫌いになりそうになる。よくない循環だった。でも、解消する方法はない。

だから色々考えて、座っていてもなんも起きんことを理解してから、あたしは。

どんどん、道を踏み外していくのだ。


「今日はなんか用あるんか？」

「ん……出かけてくる」

「そうか……いや、なんかあるわけでもないんやけど……」

ぎこちない雰囲気を装《よそお》う、朝の会話。

そんな何気なさを取り繕って始まったのが、それから五日後のことだった。

星《ほし》さんが出かけたのを見て、戻ってこないことを確信して、こちらも動く。

「お母さん、あたしも出かけ……お母さん？」

不在だった。さっきまで声がしていたと思ったのに。星《ほし》さんが出かけるのを見て、なんとなくそのまま出ていったのかもしれない。お母さんの気まぐれは娘であるあたしにも捉えきれんかった。ただ、ばらばらに歩いていても不思議と、町で出くわすことが多い気がする。

分かれ道にふと立ったとき、道を選ぶ理由が似通っているのかもしれない。

変なところで、母子だった。

「ウミちゃん、どうかした？」

星《ほし》さんのお母さんが洗面所の方から、歯ブラシをくわえて顔を見せる。

「あの、ちょっと出かけてきます」

「ウミちゃんも？」

「あ、はい」

「そう。お昼までに誰か帰ってくると助かるんだけど」

「じゃあ、えー、そうします」

ん、と短い返事を置いて口周りを白くした星《ほし》さんのお母さんが引っ込む。取りあえず言ってみたけど、星《ほし》さんを追って遠くまで行ってしまったらどうしよう。そのときは、えぇと、そのとき考える。

星《ほし》さんを見失わないうちに、あたしもアパートを出て走った。

尾行の経験なんてないけど、星《ほし》さんだって誰かにつけ回されることはそうそうないだろうから、多分なんとかなる。星《ほし》さんの背中を見つけて、一定の距離を意識して聞こえるはずもない物音を極力減らして後を追う。通りに出ている間は他の人に紛れることもできるけど、星《ほし》さんは段々人通りの少ない方へと逸《そ》れていく。でも速足で、前しか見ていなくて、まったく振り向く様子はなかった。

そんなに、切望するように前だけ見て進みたくなるものが待っているのだろうか。

星《ほし》さんが向かったのは、どうも駅みたいだった。友達と待ち合わせ？　星《ほし》さんはその駅には入らないで、塾の案内が目立つ掲示板の近くで止まる。日陰に寄って、首筋の汗を拭きながら住宅街へ続く階段を見上げている。朝方以外は無人改札となる閑散とした駅は、夏休みということもあってかあまり人の姿がない。小屋のように用意された屋根の下へと改札を抜けた乗客が数名入っていく。星《ほし》さんは時折、そちらにも目をやっていた。

道が真《ま》っ直《す》ぐなうえに遮蔽物が少ないので、かなりの距離を置かないといけない。背中を向けて、帽子をかぶって、時々振り向いては星《ほし》さんの様子を確認する。こっちは日陰もないので、太ももの裏が焼けるようだ。もしも星《ほし》さんがこっちに気づいたら……そのときは、横に並ぶ。

別にあたしが一緒に立っていても問題はないはず。

ないはずなんだ。

蒸発して雲を作るような湿度の中、頭は上手《うま》く回らない。夏は好きじゃない。誰かの側にいようとしても、少し暑すぎるから。そんなことを理解させてくれた人がいて、あたしはもう、その人がいないと生きられないとか考えるおめでたい人間になってしまったんやけど。

これからのあたしは、果たして生きていけるだろうか。

電車の音か、馴染《なじ》んだ気配か、それとも、花の香りか。

後ろに目がくっついているように、あたしのなにかが反応して、振り向く。

夏は、気持ちがいいほどの晴れ晴れとした空の下であたしを裏切る。
あたしの彼女と、同居人が待ち合わせを終えるところだった。

『星高空夜』

My first love partner
was kissing

『会わない？』

「……この女……」

その連絡が来たのは夏休みが始まってすぐのことだった。地平《ちたいら》さんからの短い誘いを、自室の壁に足をかけながら受け取る。寝転んで、横着な姿勢で受け取ったそれに、眩《まぶ》しがるように顔をしかめる。

『なに考えてんの』

『せっかく友達になったし、遊ぼうよ』

いつ友達になったんだ。大体、すぐ側に水池《みずいけ》さんがいるのに。見せてやろうか、この場で。でもこの女だけならともかく、私まで嫌われそうだな、と思いとどまった。

私は被害者なのに、というのはこっちの都合で、水池《みずいけ》さんにはきっと無関係なのだ。理不尽でしかないとばっちりを想像して、世の中を暑さ共々嘆く。

『水池《みずいけ》さんに悪いと思わないの？』

『え、なんで？　友達と遊ぶのも駄目なの？』

まず前提として友達じゃないから。

『タカソラだって別に、わたしのこと好きじゃないでしょう？』

『大嫌い』

『それなら問題ないね』

大嫌いなやつと会う理由がこっちにあると思っているのだろうか、この女は。馬鹿らしい、と電話を置いて天井を見つめる。水池《みずいけ》さんには一度も誘われたことないのに、なんでその原因の一端を担《にな》う女には気軽に声をかけられるのか。その水池《みずいけ》さんは、体育座りしながら電話を見ている。足の指の立ち方と頭の傾きが、心細さを分かりやすく訴えていた。

地平《ちたいら》さんに連絡するか悩んでいると見た。その女ここにいるよ、とこっちの電話を見せたくなる。水池《みずいけ》さんとあの女、どちらに苛立《いらだ》っているのか自分でもはっきりとしない。

「うるさいよ」と居間の方から文句が来る。無意識に壁を蹴っていたみたいだ。足を引っ込めて、抱いて、丸まる。風呂上《ふろあ》がりの髪が布団《ふとん》に押しつけられて、籠もっていた熱が肌を包む。

またお湯に頭を突っ込んでいるみたいだった。

水池《みずいけ》さんの手が電話の上で細かく、つたなく動く。打ち慣れていないのが見て取れる雰囲気でポチポチして、終わってからじっと電話を見守っている。大体、なにしているか想像はできた。風呂上《ふろあ》がりの気怠《けだる》さが六割ほど増す。硬い床と薄い布団《ふとん》の果てまで沈んでいきたくなる。

返信はすぐに来たらしく、水池《みずいけ》さんの薄暗い瞳がぱっと、豆電球みたいに点灯する。口元の抑えきれない緩みは、喜びと出会った人間のものだった。普段は愛想《あいそ》もなにもない乾ききった水池海《みずいけうみ》は、あの女に関わることで潤って普通の人間となるのだ。

直視するだけで窒息しそうなその現実を、目の焦点を捨てて喉から空虚な声をあーあーと漏らして、大怪我《おおけが》くらいで受け流す。引きつるような痛みを伴う現実逃避は、実に中途半端《ちゅうとはんぱ》な効果だった。

「ふぅんデートよかったねぇ」

水池《みずいけ》さんの顔を視界のどこかに歪《ゆが》んで収めながら突っかかる。

「なんも言っとらんけど」

「見れば分かるよ」

「……星《ほし》さんには関係ないやろ」

仰《おっしゃ》るとおりでなにも言えないから、ムカッと来た。

正論で撥《は》ねのけられたら、私はなにもできないじゃないか。

どうせ私にはなにも望んでないのだろうけど、と自虐が次々に重なる。

「……………………」

かさかさと手を床に這《は》わせて、放った電話を拾う。

『一回くらいなら遊んでもいいですよ』

『本当？　じゃあ明後日《あさって》でいい？』

この女、返信速いうえに平然と返してくる。

『知ってる。明日は水池《みずいけ》さんと会うんでしょ』

同じ場所にいる女子高生二人と同時に遊ぶ約束を取り付けているとか、やっぱりあの女は一度痛い目見た方がいいんじゃないかと思った。でも痛みなんて感じるんだろうか、あの調子で。

詳しいわけじゃないけれど、痛みさえ、抱きしめそうな雰囲気があった。

少し経《た》ってから返信が来る。

『☆↑☼』

なにこれ。ほし……ほし、うえ……たかい？　そら？

だからなんだ。

アホだ。心から思い、そして少しだけおかしかった。

最初のきっかけは、その小さな反抗心からだった。


デートではない。まずそう前置く。これは、嫌がらせだ。

水池《みずいけ》さんへの、子供っぽい意趣返し。逆恨みが発端となった、恥ずべき行い。

家から離れて一人になると、頭が冷静に回ってくる。でもその賢明は感情に繋《つな》がっていない。

世界の裏側で誰かが助けを求めても、私にはすぐに届かないように。

蟬《せみ》を帽子として被《かぶ》っているような鳴き声の中、高台に賑《にぎ》わう住宅街の下を歩く。石造りの壁は年季によって綻ぶように表面が荒れて、その隙間を青々とした雑草が突き破るように生えている。並行する真《ま》っ直《す》ぐ続く道路は、干上がるように自動車の姿が見えない。

髪と後頭部が夏の日で焼き上がり、汗が滲《にじ》む頃、出かけたのを後悔し始めた。

指定された待ち合わせ場所は、私の地元の駅だった。マジかよ、と最初目を疑った。地元ということは当たり前だけど、水池《みずいけ》さんがいる。その辺をうろついていて鉢合わせたらどうする気なのだろう。いや、別に会うだけで、浮気《うわき》とかでもなんでもないけど誤解は招きかねないし。

水池《みずいけ》さん、愛が深そうだから。

その場合、水池《みずいけ》さんが傷つくか、私が嫌われるか、どっちを心配しているのだろう。

塾の宣伝が目立つ掲示板の側に立って、日陰の下で人影を探す。普段は使わない駅なので、いやそもそも駅自体行かないのだけど、やや落ち着かない。高校がすぐ側で、駅名自体がその高校前という分かりやすさで、夏休みじゃなかったら生徒の姿もあったのだろうか。

今は無人改札を、私と蟬《せみ》くらいしか覗《のぞ》いていない。電車は十五分に一本来ると時刻表に書いてある。多分、次の電車くらいに乗ってくるのではないかと、駅の方向へ首を伸ばす。

屋根の下には日差しで黄ばんだと思《おぼ》しき椅子がいくつかあり、木製で背もたれが頼りない印象を抱くベンチも置いてある。そこに座って、電車を待ち、道路を眺めて、人は旅立つのだろう。……大げさか。でもこの間、私は初めて電車に乗ってこの町の外に出たのだ。

思い返すと、大冒険だ。冒険の成果は、苦みと厄介しかなかったけれど。

「お待たせ」

「あわっ」

電車の方を見ていたら、正反対の肩を叩《たた》かれた。声と接触の気安いそれは、振り向くまでもなく地平《ちたいら》シホだった。今日も和服で、この前と同じように髪を上で纏《まと》めている。花火を描いたような柄が、朱色の生地の上に咲いていた。

住宅街へ続く階段から下りてきたらしい。まさか、家もこのあたりにあるのか？

「こっちに来る用があって、終わって帰る前にタカソラと遊ぼうと思ったの」

「はー、ほー、へー」

目の動きだけで察したように説明してきた。しかし、目立つ。これと並んで歩くのか。水池《みずいけ》さんだけでなく、学校の同級生にでも見られたら少し噂《うわさ》されそうだった。

あとタカソラって名前で呼ばれるのが、汗が肌を伝うように、くすぐったい。

「行こうか」

地平《ちたいら》さんが促して、私に手を差し出してくる。なにこの手、と赤い袖と白妙《しろたえ》の指先の色合いに面食らっていると、「おっと」と笑顔のまま手を引っ込めた。まさか、手を繋《つな》ごうとしたのかと遅れて察する。水池《みずいけ》さんを相手にするときと勘違いでもしたのか、と思うと胃の底がちりちりと痛んだ。

「水池《みずいけ》さんと遊んでやればいいのに」

思ってもいないことを言う。でも半分は呆《あき》れていた。

「海《うみ》とは昨日デートしたもの」

「知ってる」

「毎日でもいいんだけどね、かわいいから」

なぜこんな女と階段を上っているのだろう、とふと人生に疑問を覚えた。

地平《ちたいら》シホと並んで町を歩いていると、足下がふわふわする。本人の浮世離れした格好のせいもあるけれど、アパートから地続きの場所にいる気がしない。夏の熱気も相まって、幻想が肌に触れているくらいの距離感だった。

ふと目が合うとすぐに優しく笑い返してくる。多分、水池《みずいけ》さんはじめ、今までこの女に出会ってきた女子高生たちはこういうのに弱いのだ。嫌な顔をしない、笑顔を面倒くさがらない、そもそもその顔がいい。元の器量の良さに怠らず、細かな気配りを忘れないことで魅力を形作る。

対象と金銭さえ目を瞑《つぶ》れば、人付き合いへの向き合い方としてはごくごく真面目だった。

「今日の目標は、タカソラを笑顔にすることね」

「無理」

「難しいっていいよね、そそる」

私は、この笑顔に騙《だま》されない。その優しさで壁をじわじわ溶かしていくなら、新しく作り続けるだけだ。いやなやつ、と五文字を唱えるだけで今はまだ石造りの壁が生まれた。

「難しいと思っているものを優しく開けるのも、また格別」

「なにか？」

「みんな仲良くじゃ駄目かな。誰と出会ってもにこにこ笑顔」

笑っているところ以外見たことのない女は、行いと正反対に位置するような願いをこぼす。

「理想的じゃない？」

「現実的じゃないという意味で、理想的」

「そうなんだよねぇ。問題は、わたし自身がまったく平和的な人間じゃないこと」

「……分かってるじゃん」

分かっていてなお踏み越えていく。平和の欠片《かけら》もない平和主義者だった。

小高い住宅街を抜けて、踏切《ふみきり》を越えて、大通りに出る。私の生活圏にどんどん近づいていくと、こっちに非はないのに胸がざわついてきた。この女と関わらないと外に出て行かない水池《みずいけ》さんだけど、なにかの間違いで散歩でもしたら嵐が吹き荒れかねない。

「タカソラ」

名前を綺麗《きれい》な声で呼ばれる度、背中がびくりとする。母親に雑に呼ばれるのとは、響き方が違った。私の名前を口ずさむとき、地平《ちたいら》さんはどんな感情をそこに載せているのだろう。

「にっこり」

わざわざ声に出して微笑《ほほえ》みを強調してくる。満面の笑みとはこのことか、と思うくらい顔を隙間なく笑わせていた。私の周りは、こんなに普段から笑っている人がいない。強いて言うと水池《みずいけ》さんのお母さんくらいか？　みんな、余裕がないのかもしれない。

「……ていうか、なに？」

「相手がずっと笑顔でいたら、怒り続けるの難しくならない？」

「……べつに」

そのとおりだった。多分この女は、私みたいな性格のやつも籠絡《ろうらく》してきたのだろう。

私はされないけど。

「今のタカソラは、海《うみ》を思い出すね」

「水池《みずいけ》さんを？」

「海《うみ》も最初に会ったときは暗くて、わたしのこと信用していなくて、でも少し寂しそうだった」

今は全部逆だけど、とでも言いたそうだった。

水池《みずいけ》さんのことは……知らないよって感じだけど。私を勝手に寂しがり屋にされても心外だ。よしんば寂しかったとしても、私は、生きていける気がする。

私は、水池《みずいけ》さんとは違う。知らないって言ったり忙しいけど。

「あんなに依存させてどうするつもり？」

「別にどうも。あの子の笑顔が見たかっただけで、結果としてそうなっちゃったね」

「笑顔を見るためにお金で買ったわけ？」

「そうです」

まったく悪びれないで地平《ちたいら》さんが肯定する。笑顔なんて、他にいくらでも手段が……あるのだろうか？　少なくとも私は、水池《みずいけ》さんを笑顔にしたことなんてない。

それが一番、悔しい。

「いつか刺されそう」

「海《うみ》はそこまで攻撃的な子じゃないよ。今はそれが心配なんだけど」

まるで親が子を語るような調子で、一体、どんな目線で水池《みずいけ》さんを見ているのか摑《つか》めない。

好意的なのは間違いなくて、けれど別のざらついた砂粒が気持ちに混じっている。その異質物の手触りが、水池《みずいけ》さんを不安にさせる要素なのかもしれない。

「それと、これどこに向かって歩いてるの？」

話しながら適当に足を動かしてついていってるけど、どこへ連れて行くつもりなのか。

「まずはご飯食べていい？　昼ご飯まだだから」

「いいですけど」

「あ、わたし奢《おご》るから」

「結構です、自分の頼んだものは払うから」

こんな女に借りを作ると、そこから失敗しそうだ。今、既に失敗していないのかという抜き身の疑問は棚に上げるとして。

「私、そういうの目当てで来たわけじゃないんで」

「じゃあ、今日はなに目当てで？」

「嫌がらせのため」

私がこの女に会っている間は、水池《みずいけ》さんも会えないから。

「いいねぇ、行こう」

相手が嫌がると喜ぶ、そんな女らしい。そして私が喜んでも、多分一緒に盛り上がる。

どうしろと言うんだろう。

大通りを歩き、歩行者天国と化している商店街の方へと流れて、不動産屋の前に置かれたアンパ○マンの大きなぬいぐるみに手を振る女を冷めた目で眺める。私はそういうあざとさに騙《だま》されないのだ。でもじっと見てしまった。だって、あまりに笑顔が気持ちいいから。

笑うことが本当に上手《うま》いって印象だった。

連れてこられた入り口の狭いビルの表に、メニューが置かれている。食品サンプルと合わせて確かめると中華料理屋らしかった。中華料理なんて、町にある黄色と赤色の目立つ派手な店にしか行ったことがない。それも何年前だったか。

一階は持ち帰りの売り場になっていて、点心や酢豚弁当といったものがショーケースに並んでいる。値段をちらりと見ると、お弁当が９５０円だった。私の感覚だと少し高い。その横には胡桃《くるみ》の飴炊《あめだ》きが売っていて、そっちは少量なのにお弁当と値段が同じだった。どういうことだ。

薄暗い階段とエレベーターが並んでいて、地平《ちたいら》さんはなんら躊躇《ためら》わないで階段を上がり始める。エレベーターを横目で眺めながら、その後に続いた。非常階段と思《おぼ》しきそれを二階まで上って、関係者以外開閉禁止と張り紙された扉を簡単に開けて店の前に出る。

「……なにか意味あったんですか？」

この遠回り。

「楽しい」

「楽しくない」

受付が店外にあり、ソファ付きのロビーまである。もしかしてこの店……お高い？　払いますと強気に突っぱねたのがいささか軽率だった可能性が出てきた。

「席空いてます？」

地平《ちたいら》さんが受付で確認を取ると、きちんとした服装の店員さんがすぐに案内してくれた。外と隔絶された冷涼な空気に、首と腕が寒気を覚えるくらい震える。当たり前のようにクーラーが利《き》いている場所で、普段は扇風機しか知らない身体《からだ》がびっくりしていた。

窓側には個室のような空間がいくつも用意されていて、中央は二人掛けのテーブル席が並んでいる。私たちが案内されたのはそのテーブル席の右端だった。壁際《かべぎわ》の席で、見るだけでその位置に少しほっとするのが不思議だった。

重い椅子を引いて、萎縮しながら座る。こんな店、来たことない。他の席の顔ぶれはおじいさんとおばあさんばかりなのだけど、その服装を見るに、私は場違いではないのだろうか。向かいに座る女はハイソな環境の中でも一際《ひときわ》目立っているし、凸凹が酷《ひど》い。

店員がお茶とおしぼりとメニューを持ってきて、地平《ちたいら》さんがそれを受け取る際に軽く挨拶された。知り合い？　というより常連？　こっちには用があったと言っていたから、近くに住んでいるわけではないのだろうけど。実はうちともご近所さんだったら、流石《さすが》に笑う。

「はい」とメニューを渡される。ずっしりしたそれを開くと、まずランチの案内が挟まれていた。最低価格が２０００円からの時点で、冷房で引っ込みかけた汗が顔を覗《のぞ》かせる。ちなみに次のページになると４０００円となり、その後には７０００円くらいまで次々に並んでいた。

「あの」

その辺の女子高生を連れてくる場所か、と検討していただけなかったのでしょうか。

「奢《おご》りましょうか？」

「……いいです」

喉が＄マークを描きそうなのを抑え込んだ。安いの、安いのとページをどんどん捲《めく》っていく。一品料理の値段で三桁のものがない。酢豚は２３００円で、唐揚げは２３００円で、ホタテ貝とエビのサラダが２３００円だ。真面目に値段をつけたのだろうか？　更にパラパラ送っていくとようやく、コーンスープ８００円が出てきた。え、８００円？　スープで？　知らない料理だった。

メニューを持つ指と目のどちらがより圧迫されているだろう。炒飯《チャーハン》やラーメンという一品でお腹《なか》の膨れそうなものも、きっちり小高い料金を請求してくる。払えないことはないけれど、帰る時に後悔したくないという思いから数字の上を目が滑り続ける。

「ねぇタカソラ」

名前を呼ばれる度に頬を撫《な》でられるような感触が伴い、ぞわぞわする。メニューの向こうに、地平《ちたいら》さんの笑顔がある。地平《ちたいら》さんと、この女。二つの認識が行ったり来たり忙しい。

「ここは大人のおねえさんを頼ってみない？」

「……絶対にお断る」

一瞬迷ったせいか、変な言葉遣いになってしまう。

「そこまで拒否されるとタカソラのこと好きになっちゃうよ」

まいったなぁみたいな口調でさらりととんでもないことを言ってくる。好きになるぞって、聞いたことのない脅しだった。本人も面白がって口元を押さえている。

「タカソラはわたしのこと嫌いだよね？」

「大嫌い」

こちらが歯を見せると、舐《な》めるように舌を見せてきた。届くはずもないのに仰《の》け反《ぞ》る。

「嫌いなやつに好かれるの、嫌だよね？」

「……これは……」

答え続けると誘導されていくやつ、と警告を発した。口を噤《つぐ》み、睨《にら》むだけに留《とど》める。そうして敵意を露《あら》わにしているのに、「いいね、好き」と真っ向から正反対のもので返してくる。

彼女持ちのくせに他の女にも平気で好き好き言っているのだから、なるほど水池《みずいけ》さんの不安そうな顔は正しい。そんな女を好きになるのは正しくないけど、道徳で人を好きになるわけじゃないというのも、分かってしまうのだった。

「楽しくやろうよ、どうせなら」

「どうせならって……」

「せっかく会えたんだし」

出会ってきた女にもれなく言ってそうな口説き文句だった。騙《だま》されない、と目に力を込める。

悪霊《あくりょう》退散、とお札でも掲げている気分だった。

「人は生まれたとき、本当に寂しいの。世界のそこにいて、でもそれ以外のどこにも自分がいない。だから誰かと出会い、なにかを作り、自分を色んな場所に残していく。そうすれば、少しは寂しくないから。どんなに立派な人も、強い人も、そういうことをしているだけ」

詩でも口ずさむように、お難しい話を展開してきた。そして髪を耳にかける仕草に、自然と目が行く。それだけの行いなのに耳の形に心を引っ張られそうなのは、どうしてだろう。

「なにそれ」

「この間読んだ小説に書いてあった。わけわからないけど、言えば勢いでごまかせそうな内容だと思って覚えてみました」

「なにそれ……」

明け透けに言うものだから、つい肩の力が抜けそうになる。駄目だ、とまた角ばらせる。心を硬く、冷たくしないと。昔、そんなフレーズをどこかで見て真似《まね》する。気を許すと失敗するんだってこれも誰かが言っていた気がする。よし、私は大丈夫だ。

「じゃあ……よし」

地平《ちたいら》さんがメニューを畳んで店員を呼ぶ。忙しそうにあんかけ焼きそばらしきものを運んでいた店員が、それを別テーブルに配膳するとすぐにやってきた。地平《ちたいら》さんがさっさと聞き慣れない単語のものを注文して、請け負った店員が去っていった。

「私、注文してないんだけど」

「ああ、それだけど。わたしが勝手に頼むから、タカソラも気が向いたら食べていいよ」

「……いらないって言ったら?」

「わたしが二人前食べるだけだよ」

涼しい顔で言いきられて、強情の端が萎《しお》れるのを感じた。ちゃぷちゃぷと、水位が気づかない間に上がってきている。親切を、まず押し付ける。そこから組み付いて、瓦解《がかい》させていく。それがこの女の手練手管なのだ。そこまで分かっているなら、私には通じない……はず。

でもここで意地を張り続けてお腹《なか》を減らしているのが本当に正しいのか、分からない。こんな女好きにならないと決めているのだから、別に、高いお昼ご飯くらいご馳走《ちそう》になっても問題ないのでは、という弱気な意見がちらほら見えてくる。以前にホテル代と朝食代も払ってもらっているし、今更ではという妥協まで擡頭《たいとう》してきた。よくない思考のすり減り方だ。

こうやって水池《みずいけ》さんも絆《ほだ》されていったに違いない。

私は違う。でも、こんなところで意地を張るのも読み違えている気がした。

……あれ？　と思う心は最後まで残りながら、自分を信じて折れる。

「じゃあせっかくなので、食べますけど」

「うんうん。美味《おい》しいから期待しててね」

展開はこいつの思い通りだけど、心は思い通りではないのだ。

ぜんぜんいい人には見えてこない。顔はいいけど。水池《みずいけ》さんとの出会いを経て、自分は顔がいい女に弱いのが分かっているので、極力顔は見ない方がいいのかもしれない。

「ここ、よく来るんですか？」

「こっちに来たときはね」

こっちに来るってことはやっぱり、家は遠くにあるのか。

生活圏は確実にこれまで被っていない。なのに、と疑問が残る。

「なんでだろ……」

「ん、なにが？」

こうして向き合い、その目を覗くように見つめていると。

「会ってほとんど経っていないのに、もっと前から知っているような感じがする」

或いはそれが親しみやすさというもので、この女の武器の一つなのかもしれないけれど。

「あ、鋭い」

「鋭い？」

思わせぶりに反応して、でもはっきりとは答えないで笑顔で流してくる。

これ以上、いくら聞いても答えはしないよと友好的な瞳が目線という壁を作っていた。

もしかすると本当に以前に会って……いや、それはないか。

こんな女、一度出会ったら何年前だとしても忘れるはずがない。

良くも悪くも。良くって、どこだ？

「さてと。タカソラはしたいこととかある？」

湯呑《ゆのみ》を取りながら、地平《ちたいら》さんが確認してくる。

「したいこと？」

「希望があるなら言ってほしいなと。ないならわたしが決めちゃう」

この女としたいことなど、一切思いつかない。そんな女となぜ今、向き合っているのか。

はっ、と昨晩を思い出して皮肉が漏れた。

「指輪でも買いに行くんですか？」

「欲しいの?」

「昨日の話」

「ああ、海《うみ》のことね。海《うみ》が大事にしてくれているなら嬉《うれ》しいな」

「夜中、ずっと眺めてた」

「わぁい」

ぱちぱちと小さく拍手する。

「五百万円の指輪だって言ってましたけど」

「うん、そう言ったよ。本当は五千円くらいなんだけどね」

「やっぱり……」

宝石もついてない指輪だからあり得ないとは思っていたけど、予想よりも一桁安かった。

「でも海《うみ》はそれくらいの嘘《うそ》つかないと、自信持てそうにないし」

「自信?」

「五百万円を捧《ささ》げる価値がある、と自覚してほしかったの。どうしてもあの子は卑屈になるところがあるから」

同じ部屋で、いつも体育座りしてぼんやりしている水池《みずいけ》さんを思い浮かべる。ことあるごとに自分は頭が悪いと言って教科書を眺めている姿は、確かに自虐的ではあった。そのうえ、自分の外見の価値にも無頓着なところがある。その無防備さを間近で見る羽目になったのも、私が水池海沼《みずいけうみぬま》に沈められた原因かもしれなかった。

「あの子になら本当に高い指輪をあげても喜びしかないけれど、高価なものって余計な危険を招きかねないから。だから、今はやめておいた方がいいの」

「ふぅん……」

不思議と言い訳は感じなかった。そういうところで嘘《うそ》をつくような性格には思えなかったのだ。保守的ではなく、攻撃的……面白くなるための嘘《うそ》を好む。そんな雰囲気の言動がいつも感じられる。

私も湯呑《ゆのみ》を取る。あまり考えないで触れると、指先から付け根まで一気に熱して思わず取り落としそうになった。慌てて、もう一度丁寧に持ち上げる。湯気に息を吹きかけて、少しだけ口に含む。ジャスミン茶の風味だった。舌が焼けない程度に飲んで、湯呑《ゆのみ》を戻す。

「お茶のお代わりが欲しいときはこう瓶の蓋をずらしてねふふふ……」

「絶対気づかれないと思う」

そんな話をしている間に、皿に盛りつけられた前菜が二人前やってきた。さっきはランチコースを注文したらしい。どの値段のやつだろう、と皿とにらめっこしても無知故に判別できない。

店員が前菜の内容を説明していく。なんとかのムース、エビのなんとか、胡桃《くるみ》の飴《あめ》なんとか、クラゲのなんとかと早口だったのでちょうど半分ずつしか聞き取れない。とにかくどれも、口にしたことのない料理ばかりだ。辛《かろ》うじて、チャーシューらしき切れ端は分かる。

「いただきます」

丁寧に手を合わせるのを見て、こちらも、声だけ掠《かす》れさせて真似《まね》る。

「……いただきます」

知らない人に、知らない値段の知らない料理をご馳走《ちそう》になる。

会計前に逃げられたら私は破滅だ、と思いながら箸を握った。食べる順番とかあるのかな、と円形に盛り付けられたそれと、地平《ちたいら》さんの手元を交互にちらちら確認する。地平《ちたいら》さんが真ん中のエビに箸を伸ばすのを見て、倣《なら》うことにした。箸に摑《つか》まれたエビは、着色でもしているのかと思うくらい鮮やかに紅白だ。しっとりとした表面を掬《すく》うように、口に運んで噛《か》む。

噛《か》んだ瞬間、その味が頭の奥にまで噴水のように行き渡る。

「うま」

その安易な感想を抑えきれなかった。なにこれ、と前菜の時点で新世界が見えてくる。エビに甘い酢がかけてあるらしく、不思議な味わいだけど噛《か》む度にじゅっと幸せが滲《にじ》む。高い、と味の在り方だけで値段を伝えてくる出来栄《できば》えだった。一匹しかないのが残念に思える。

他のもどうかなと箸がすぐ伸びる。胡桃《くるみ》を食べてみる。カリカリした歯ごたえに加えて、軽いお菓子のような甘さだ。飴《あめ》の味が、しつこくないのにじぃっと舌の上に残る。うま、とまた正直な評価しかない。意地を張っていたらこれを味わえなかったと思うと、恐ろしい。

お金があるって、こういうことなのか。

どの前菜も味が整いきっていて、歯や喉に引っかからない。刺々《とげとげ》しさがないのに、こんなにも口に残るものがある。嫌みのない味ってやつなのだろうか。関わると漂白されるような感覚。

そう。目の前の女から感じるものと、似ていた。

その地平《ちたいら》さんは箸を置いて、私を見守るように眺めていた。

「タカソラって」

名前を呼ぶ声が、いつも優しくて目を伏せそうになる。

私が触れたことのない柔らかさが、名前という確かなものを包んでくる。

「なに？」

「奢《おご》りがいがあるね」

「……どういうこと？」

答えはなく、微笑《ほほえ》ましいものを見る目だけがあった。

飲み込むと、その笑顔の味まで流れ込んでくるようだった。

そうして。

次なんて一生訪れない地平《ちたいら》シホとの夏休みが、始まった。

ほっぺの裏側を舐《な》めると、まだ余韻が感じられそうだった。

歯も磨いて、狭い自室に戻ってきて座る中で思い出すのは、昼間のことばかり。

高い丘を登るような中華料理に感動した後は、本を買いに行った。家へ帰る時に読む新しい本が欲しいと地平《ちたいら》さんが言って、それに付き合った。私も、地平《ちたいら》さんに勧められた本を断り切れないで有耶無耶《うやむや》になりながら、何冊か購入した。小説なんて読む趣味はないと言ったけど、地平《ちたいら》さんはその否定を軽く流してこう言った。

『小説の読み方をいつか、海《うみ》に教えてあげて』

読み方って、右から読むだけじゃないのだろうか。私はそんなの誰かに習ったことがないし、教え方も分からない。でも教えられないということは、本当は分かっていないのかもしれない。

その文庫本は三冊、私の隣に積まれている。どれも同じ名前の作者だった。甲斐《かい》なんとか。本の後ろに著者近影があるのだけど、なぜかすべてクラゲの絵だった。クラゲ好きなのだろうか、私もお昼に初めて食べたけど。歯ごたえがよかった。

高いご飯食べて、一緒に本屋を巡って、和服の美人を嫌ってほど見て。

美人はいつ目が合っても笑い返してくれて、私の話を聞きたがる。

「……ばかめ」

満足感を、どかどか殴って黙らせる。お前に発言権はない。

感動するな。

そんなもののために、あの女に会ったわけじゃない。

「……なんのため？」

萎《しお》れた花みたいに、頭が傾く。他の理由を忘れそうになっていて、危うい。でも私はあの女が大嫌いなので、こうして足の親指を摑《つか》んで前屈《まえかが》みになっていれば、また今日会う前の私に戻れる。はず。

だけど傾いた頭の隅から、タカソラと呼んだ声が消えない。綺《き》麗《れい》で、まるでその声に恋してしまうくらい。

するわけないけど。

水池《みずいけ》さんが部屋に入ってくる。勿論《もちろん》、水池《みずいけ》さんはなんてことないように入ってくるのだけど隣に座った途端、「ん？」と顔を近づけてきた。なにか、引っかかったように。

昼間やってきたこともあって、心臓がきゅっとした。

「なに？」

「ん、なんでもない……」

水池《みずいけ》さんが歯切れ悪く目を逸《そ》らす。第六感で悟られたわけではないようだった。そんなあやふやなものではなく、引っかかるとしたらなんだろう。直接見たならこんな控えめに済むわけがないから……嗅覚？　匂い？　花の匂い、と連想してすぐに服の匂いを嗅ぎそうになるのをこらえる。そんなことしたら、水池《みずいけ》さんに確証を与えるだけだった。確証ってなに？

後ろめたさのようなものが押し寄せてくる。そんな関係じゃないのに、本当に浮気《うわき》でもしているみたいだった。寝転がって背を向けながら、こっそりと服の端を鼻に持っていく。

うっすら、花の匂いがする気もした。罪悪感から錯覚しているのだろうか？　でも水池《みずいけ》さんがなにか感じたのは確かで、ああこういうの気をつけないといけないのか……と緊張から目が変に冴《さ》えていく。いや次なんてないけど。今回のは、なんだっけ……適当な反抗心からだった。

もう二度と誘いに乗らなければ、それで……それで、なにがあるのだろう？　私が会わなくて、でも水池《みずいけ》さんは会って楽しんで私を苛立《いらだ》たせて頭ぐちゃぐちゃにされて、それだけだ。

引っ込むと、いつだってどうにもならない現実だけが腕を広げている。

なにも変わっていないのだ、私は。なにもしていないから。

したことと言えば、水池《みずいけ》さんを追いかけて、町へ出て。

変な女に出会って、好きな人に軽くフラレたくらいだ。

でもあれが私の中で唯一、『動いた』って言えることなのかもしれない。だから、そこに関わることだけが今、動き続けている。動けば確かに、望まないとしても結果は見えてくる。

慎重であることと、なにもしないこととは同じようで違う。

私に、なにができるだろう。水池《みずいけ》さんをあの女から奪う？　どうやって？　道筋が見えないそれは理想であって、希望であって、ただ見上げる星のようなものでしかない。星は確かにそこにあるけれど、辿《たど》り着《つ》ける人間は存在しない。もう少し妥協が必要だった。

くっつけようとしてもすぐに散らばる思考に辟易《へきえき》していると、電話の通知が短く鳴る。取る。

自称、友達からだった。

『今日は楽しかったね』

ね、じゃない。私は、ね、じゃないのだ。

『べつに。でも、ごちそうさまでした』

お礼は言うべきだろう、人として。なにか言ってくるだろうと、電話を見つめて待つ。

………来なかった。

ないのかよ、と思った。つまらない時の気持ちに少し似ていた。

てっきり、こっちが返事したらいつまでも返してくるかと思ったのに。

……いや。なにを期待しているんだ、私は。

電話を置く。水池《みずいけ》さんからは見えないように、身体《からだ》で隠せる位置に。別に意識したわけじゃないけど、影の中に電話を忍ばせてしまった。見たって、水池《みずいけ》さんは名前を知らないからなんの反応もないのに。

私だけが、あの女の本当の名前を知っている。愛想《あいそ》はなく、けれど頭の中で恋人のことしか考えていそうにない同居人は、そんなことも知らないのだ。一瞬、水池《みずいけ》さんを更に低い位置に見下ろしかけて、緩く頭を振って払う。歪《いびつ》な関係なんだな、お互いに、って思ってごまかした。

取りあえず、もしも次なんて会ったらすぐにシャワーを浴びようと思った。

隠すために。バレないために。

……後ろめたいことを、しているみたいに。

神社に行こうと言い出したので、信心なんてあったのかと勘違いした。

入り口の鳥居の一番上は手入れもされていないのか汚れが目立ち、看板？　看板でいいの？　も錆《さ》びついている。社《やしろ》までの道は背の高い木々が囲い、鳥居の汚れと合わせて歳月を感じさせた。風格は寺社仏閣に疎《うと》いので感じられない。

ただ樹《き》の幹と枝葉がしなやかに揺れるのを見上げると、心にも微かな風が吹くみたいだった。

「鳩《はと》を大事にしている神社だそうです」

「へぇ……あ、鳩《はと》の石像がある」

狛犬《こまいぬ》ではなく、狛鳩《こまばと》？　が鳥居の脇で出迎えている。下に名前らしきものが書かれているけど、大分薄れていて読めなかった。時代劇で見る御触書《おふれがき》の立て看板？　これも看板？　も同様に煤《すす》けていた。奥の灯籠《とうろう》は塗り直したのか、朱色が鮮やかだった。

「タカソラが退屈だったらごめんね」

「……べつに……」

地平《ちたいら》さんが、今日も隣にいる。初めて、和服以外の格好を見た。

七分丈のブラウスとそこから伸びた左腕の細い腕時計を見ると、大学生って感じがした。どこから私のそうした女子大生観が出てきているかは分からない。下ろしたふわふわの髪は温和な印象をさらに強めて、美人の割り振りを可愛《かわい》さにやや偏らせたみたいだった。歩く際にブラウスのサイドのスリットが揺れるのを、なぜか目で追ってしまう。

『遊ぼう』

『嫌です』

誘われて、そう返事をしたはずだった。でも現実は昼間に二本の影が伸びる。どこかでまたなにかを間違えている。でもどこに行くわけでもなく、自室でずっと座ってぼぅっとしていることが正解だとしたら、私は、間違えた方がまだ生きている実感が湧くのかもしれない。

奇《く》しくもそれは、以前に誰かが言い放ったことに近かった。

『どこか行くんか？』

『うんまぁ、友達と』

『ふぅん』

『うん。あ、昼は一応作っておいたから。冷蔵庫ね』

『え、そんなのあるんか？』

初体験だとばかりに驚いて口を開けた表情が印象的だった。

部屋で勉強みたいに漫画を開いていた水池《みずいけ》さんと、出る前にそんな会話があった。こちらは顔を極力見られないように部屋の入り口を向いたまま話していたのは、どうしてだろう。

水池《みずいけ》さんを、別の意味で直視できなくなっている自分に戸惑う。

提灯《ちょうちん》に石灯籠《いしどうろう》、飾られている絵馬にも鳩《はと》の意匠が随所に見られる。鳩《はと》の神様が祭られている場所なのかもしれない。鳩《はと》の神様。羽ばたいたら羽毛が飛び散りそうだ。

境内の砂利の上には生きた鳩《はと》もちゃんといた。十羽《わ》か、二十羽《わ》か。どれも日の下をのんびり歩き回っている。私たちが横を歩いていても逃げるどころか足に群がってきた。特に地平《ちたいら》さんを追いかけて、いつまでも後ろにくっついてくる。美女は鳩《はと》まで誘惑するのだろうか。

地平《ちたいら》さんがそんな鳩《はと》に微笑《ほほえ》みながら、奥で早速鳩《はと》の餌を買う。一袋五十円とあった。二袋購入して、「はい」と私にも小さな袋を渡してくる。開けて確かめると、中身は乾燥した豆だった。

なるほど、これ目当てで鳩《はと》が追いかけてきていたのか。鳩《はと》は花より団子らしい。

売り場には他にも絵馬やお守り、あと餅も販売しているみたいだった。

そこの売り子のお婆《ばあ》さんがいつもありがとうと言っているのが聞こえたので、地平《ちたいら》さんはよく足を運ぶ場所なのだろう。

地平《ちたいら》さんが、「お待たせ」と鳩《はと》に豆を落とす。鳩《はと》たちが頭突きでも競うように飛び跳ねては地面に落ちた豆に突っ込んでいく。地平《ちたいら》さんはそんな様子を楽しそうに眺めている。楽しいのかな、と手の中の袋を見る。

何十羽《わ》という鳩《はと》が私たちを囲うものだから足を迂闊《うかつ》に動かせない。豆をぽろぽろ指先からこぼすと、同じように鳩《はと》たちが争いを始めた。ばさばさと羽ばたく羽根の裏側の匂いがこちらにまで届く気がした。元気の良さに目が忙しくなって、俯《うつむ》いて考えている暇が少しなくなる。

そういう効用が鳩《はと》との交流である……か定《さだ》かではなかった。

そんな深い考えはないだろうと隣を見ると、地平《ちたいら》さんが自分の口にも豆を放っていた。

「ええっ」

「うん、味が薄いね」

ぽりぽりといい音を立てて食べている。そして私の視線に応えたのか、豆を一粒こちらの口元へ持ってくる。

「あーん」

「え、いらない……」

普通に。

「あーんして」

引き下がらないのでしぶしぶ、口を開く。豆をお供えでもするように舌の上にそっと載せてきた。

奥歯で小気味いい音を立てて嚙《か》む。乾きそのもの、という感じだった。

ぱっさぱさで、卵の殻から不愉快な歯ごたえを取り除いたような味だ。

「味薄い」

「でしょう？」

なにが嬉《うれ》しいのか、地平《ちたいら》さんは頬をほころばせていた。

鳩《はと》に豆をやる時と同じ顔だった。

私たち以外に、真昼の参拝客の姿はない。今回は私の地元ではなく、電車で結構な距離を移動してきた。まるで私から会いに来ているみたいでそこが車内で大人しく座っている時から気に入らない。でも駅からここまでの道のりがまったく分からないので、一人で帰ることもできないのであった。地平《ちたいら》さんの後ろにくっついてきた鳩《はと》と変わりない。

私も、餌付けされた一羽《わ》の鳩《はと》なのだろうか。いや違うけど。そういうのじゃないけど。

地平《ちたいら》さんはまだ、私を見て微笑《ほほえ》んでいる。

この女はいつもこんな穏やかに笑っているのに、水池《みずいけ》さんと夜を過ごす時はまったく別の顔を見せるのだろうか。

見たこともないそんな顔を本人を前にして想像しかけて、慌てて振り払う。

「……なに？」

「日の下で見ると、タカソラの髪は本当に綺麗《きれい》だなぁって」

「…………………………」

夏の日とは明確に違うものが、頬を焼き、目を瞑《つぶ》らせた。

しばらく、鳩《はと》に豆を配るだけの人間になっていた。

楽しさは見出《みいだ》せないけど、頭の上で枝葉の擦《こす》れる音を聞いていると、少し気分が晴れた。

そうして豆がなくなっても、鳩《はと》がなかなか離れない。

「出られないいんですけど」

足長おじさんでもないと、鳩《はと》を踏まないで囲いから抜け出せそうにない。

「そういう時は、こうする」

地平《ちたいら》さんが豆を遠くに放ると、鳩《はと》がわーっと電車から降りた乗客みたいに流れていく。

なるほど、と見倣《みなら》って私も遠くに豆を投げようとした。ないんだった。困っていると、地平《ちたいら》さんが豆を譲ってくれたので、遠くに投げる。

保育園で節分に豆まきした時を、朧《おぼろげ》気に思い出した。

鳩《はと》から逃れて、社務所の側の日陰に置いてある和風の長椅子に避難する。そこまで行くと不思議と鳩《はと》はもう追ってこない。砂利の上だけが自分たちの居場所という認識なのかもしれない。

椅子の手触りを確かめながら一息《ひといき》つく。被《かぶ》っていた日差しの熱が、髪から背中へ流れていくのを感じる。伝う間に、過剰な熱は程よく暖かいものへと変わっていった。

「鳩《はと》にすっかり顔を覚えられちゃった」

「みたいですね」

神社に来た途端、鳩《はと》が一斉にこっちへやってくるわけだ。すっかり餌付けしてしまっている。

「鳥はいいよね。鳥好き、見るのも食べるのも」

食べるのも、と一言付け足すのがこの女らしいと思った。らしさなんて、分かりたくもないのになんだか分かった気になってしまっているのが嫌だった。

「鳥は多分、自分が飛べる理由を分からないのに飛んでいるところが一番えらい」

椅子に手をつき、足を揺らした地平《ちたいら》さんが上を向いて語る。

その視線の先には鳥もいない、ただの空が広がっていた。

「どういう?」

「それが多分、自由ってことだと思う」

また小説の引用かと思ったけど、言葉の続きはなく。

代わりとばかりに、ハッとさせられる。

気づけば、私の置いた手に地平《ちたいら》さんの手が重なっていた。

と、と、とって。手の甲に、鼓動が増える。

柔らかく、引っかかりのない指が優しい波のように寄せて、私の指を撫《な》でる。気安く触られて、撥《は》ねのけないといけないのに。

なんでか、その下から引っこ抜けない。

気づかないふりしかできなかった。

「ここ、気に入ってるんだ」

「ふ、へぇー……」

反応がぎくしゃくしてしまう。動揺が狭い筒の中を飛び跳ねている。手が触れているだけで心臓が騒々しい。太陽とは違う方向から熱波がやってきて、私の頬をさらった。

友達にやることだろうか、これが。断じて友達じゃないけど、手を載せて、こんな場面をもし水池《みずいけ》さんが目撃したら大惨事ではないのか。誤解を招く行動は慎んだ方がいいのではないか。じゃあそもそも会うなって話なのだけど、どうして私は来てしまったのか。

理由も分からないのに出会ってしまった私は、自由なのか？

ぜんぜん、違う気がした。

鳩《はと》と蟬《せみ》の鳴き声に包まれながら、地平《ちたいら》さんの体温を感じ続ける。地平《ちたいら》さんの手は私のそれより少し大きくて、変な表現だけど手が手に抱きしめられているみたいだった。夏の光と質の異なる熱は、多量の心地よさを含んで私に覆いかぶさってくる。

嫌いな女のはずなのに、触られているうちに段々落ち着いてしまうのは異常だった。

嫌いな女のはずなのに、二人きりで会ってしまうのも自分が自分でないみたいだった。

魔法か、呪いか。この女なら、どちらでも嗜《たしな》んでいそうだった。

人の温かさにとろけたまぶたが下りてきて、慌てて顔を上げる。

「眠い？」

一度、わずかに見せただけなのに目聡《めざと》く言及される。

「別に」

「意地を張るところ、そこじゃないと思うな」

指摘は、正しかった。いつもなら余計に意固地になるところだけど、この女に重ねられた手のせいで、心の四隅が固まらない。温かく、私の心が溶かされていく。その侵略と温度差に、安堵《あんど》と恐怖がせめぎ合っていた。

「……朝、早めに起きて家事を済ませてきたから」

働きに出ている母親に、そこまで期待するわけにはいかない。居候《いそうろう》たちも基本、数には考えない。それで家を空けるなら、先にやっておくしかなかった。この女に会うためにやっているみたいで、洗濯している間も本当に腹が立った。思い出したらまたムカッと来始める。

逆恨みに睨《にら》むと、地平《ちたいら》さんの手が伸びてきた。急に暴力に訴えられるかと思って肩を狭めて縮こまると、その肩を抱かれる。そしてあれよと言う間に、砂の城でも崩すような容易《たやす》さで地《ち》平《たいら》さんの足の上に寝かしつけられた。横向きの視界に、理解が追い付かない。

「もっと楽な姿勢にして」

腰を軽く叩《たた》かれ、促される。そこで私はようやく状況を呑《の》み込《こ》み、強がろうと身体《からだ》を起こしかけたのだけどそれより早く、地平《ちたいら》さんの手が髪を優しく押さえる。髪を掻《か》き分《わ》けて、生《は》え際《ぎわ》を優しく指が這《は》い、抵抗を穏やかに、根こそぎ刈り取られた。

身震いが、腿《もも》の裏まで駆け抜けた。

しゃわしゃわと、蟬《せみ》が頭のずっと上で鳴いている。

「いつでもこのまま寝ていいよ」

ジーンズの生地越しに、地平《ちたいら》さんの太ももに頰が沈む。顔が熱くなりすぎて、ボールみたいになっている。鼻や目や口といった凹凸がなくなって、一つの球体になるくらい膨れている気がした。

「あの……なんで……」

疑問が蟬《せみ》の声に潰れそうなくらい弱々しく、地平《ちたいら》さんの元まで浮き上がっているかも怪しい。

「家事もやって、学校に通って、恋もして。えらいね、タカソラ」

髪をやわやわ愛《め》でられる。褒め言葉は、安っぽい。誰でも言えそうなことだ。恋関係ある？ と疑問でつまずく。

でも誰でも言えることなのに、誰も、言ってくれたことはない。

毎日やっていること。そういう当たり前は、見慣れすぎて見過ごされる。そこを掬《すく》い上《あ》げて、こうして認めてもらえると、心が急に膨らんで裂けそうになる。きっとこの女はそれが分かって言っているのだ。こうやって、人に付け込んでくる生き物なのだ。宇宙人だ、妖怪だ。

善意じゃない。良心じゃない。前向きじゃない。

でもそれを的確に言ってくれるなら、もう、それ以上の善意なんてあるのだろうか？

心地よさが本物なら、それは答えにならないのだろうか？

水槽に満たされた水が割れた箇所へ集い、流れ続けるように。
心が、傾いていく。
どこかの女子高生みたいに。
「……いやだ……」
あまりに弱い拒絶が漏れる。
ああ分かった。
この女は、ファンタジーなんだ。
優しくて、顔がよくて、気配りして、欲しい言葉を与えて満たしてくる。
そんなの普通に生きていていいるわけがないのに、ここにいる。
そうやって、人を破滅させてしまう。
水池《みずいけ》さんの評価は、全部正しかった。
「わたしといるときは、家事も、学校も、恋も忘れていいよ」
ほら、こうやって人の心に忍び込んでくる。
「えらくないタカソラとも、友達になりたいもの」
それらしく、心に響きそうな言葉ばかり並べて。
反骨は確かにあるのだ。
だけどそれを押し流すくらい、優しさが次から次へと積もってくる。

目を閉じると、ぬるま湯が滲《にじ》んだように熱くなって涙がこぼれる。

鳩《はと》に豆をやるくらいの気持ちでばらまいた優しさに泣いてしまう自分が心底、嫌だった。

いい人なのかも、なんて気持ちが一片でも芽生え始めて絶望する。一緒にいて人の体温に安らごうとしている自分がいる。いつも漂う花の香り。いい匂いと感じている私がいる。美人に寄り添うだけで満たされようとしている私がいる。

水池《みずいけ》さんみたいになろうとしている私に、狂いそうになる。

この女と関わってはいけなかった。

あの日、追いかけなければよかった。

植え付けられた卵が身体《からだ》の中で割れて、生まれたものが食い破ろうとしている。首を絞められているのに苦しさは一切なく、だけどなにかが失われていくことをゆっくりと感じている、緩慢な死に浸るようだった。

「辛《つら》くなったらなんでも相談してね。タカソラは、大事な友達だから」

優しくされたい。そんな単純な願望を見透かされてしまっているのが、なにより、辛《つら》いのだろうと思った。

友達。

この女とも友達。水池《みずいけ》さんとも友達。なりたくないのに、みんな、友情だけを与えてくる。

それ以上のものは決して与えないで、飼い殺そうとしてくるのだ。

涙を流しながら眠った。滲《にじ》んではこぼれていくものをずっと感じていた。

泣き顔なんて、絶対に、誰にも見せたくなかったのに。

まるで赤ん坊になったみたいに、その人の膝元ですべてをさらけ出していた。


豪雨の音がする。傘を差さなくてもいい雨に打たれている。

帰ってすぐ服を脱衣籠に突っ込み、シャワーを浴びて、まだ座っている。ずっと水流を浴び続けていた。それは自分の目から流れていないだけの涙のように感じられた。

心が落ち着くまで、もう少し時間が必要そうだった。

あれだけ寝たのに、ただ寝ていただけなのに、重いはずなのに、地平《ちたいら》さんは文句の一つもなく私を甘やかすだけだった。

『もう起きられる？』

母親より優しい確認に、背を丸めて『うん』と言ってしまった。

うんって。

はいとか、大丈夫とか、あるだろ他に。なんだその丸っこい返事は。

思い出すと頭がぐちゃぐちゃになる。距離感がおかしくなってしまっていた。

上を向き、シャワーを顔に直撃させる。なにもかも洗い流してなかったことになるように。

でもそんな願いは叶《かな》わない。

あの女に出会うと、心と事態が動き出すのを感じてしまう。非日常の塊みたいな人が、陽気に腕を引っ張ってくるのだ。盛大に、勘違いしてしまう。

閉塞感に溢《あふ》れた人生を変えてしまいそうな人。

水池《みずいけ》さんが見た希望の正体を、私も見てしまう。絶対届きもしないほどの遠くに、理想の幻を見せる女。どこにでも行けるのだと勘違いさせてくる、そんな人だった。

嫌だ。

「あんな女、好きになりたくない」

偽らざる本音だった。のめり込めばろくでもないことになると分かっているのだ。それにあの女は、水池《みずいけ》さんの恋人なわけで……一応。ていうか私が好きなのは水池《みずいけ》さんのはずなのに、なんであの女のことでこんなに思い悩まないといけないのか。バカなのか私は。

バカになってる！

頭を抱えて悲観する。見え見えの優しさが私を殺しに来ていた。

「いやだ……」

自分が作り替えられていくのが怖い。震えるくらい恐怖して、背中に汗が浮かぶ。

まったく別の自分が羽化する。

それは今の自分が死ぬことと変わりなかった。

見下ろす左手が微細に震えている。なにかを求めるように、指が曲がり出す。

床に叩《たた》きつけて、声なき叫びをあげて、頭が擦り切れるまで吠《ほ》えた。

「なんなんだよぉ……」

また泣きそうだった。今度はなぜか、どうしようもない心細さが涙腺に溜《た》まっていた。

どうせシャワーの下なのだから泣いてしまえと、我慢しないで涙を溢《あふ》れさせる。

泣き続けると、胸と頭が空っぽになって段々落ち着いてきた。毎日を重苦しく感じているのは、こんなものを溜《た》め続《つづ》けていたからなのかもしれない。

「…………………………」

距離を取って、無秩序な心を客観視すれば。

他はなんでも理由をつけようと思えば、正面から見つめれば名前自体はつけられるものばかりなのだけど、一つだけ、どうしても不明瞭なことがある。

地平《ちたいら》さんからスッと、心に入ってくるもの。

これだけがどうしても分からない。馴染《なじ》んで、既知のように受け入れてしまうもの。まるでなにか知っているものがあるみたいにだ。でも出会ってからの期間は短く、知らないことばかりのはずで、それだけが、本当に分からなかった。

あんな悪そうな女に出会ったこともないし、一体なんなのか。

とりあえず。ずっと座って向き合って、認めるしかないこと。

私は、チョロい。

顔のいい女にちょっと迫られたら、勝てないのだ。

シャワーの使いすぎで文句を言われる前に立ち上がれるくらいには、日常に戻ってくる。髪の匂いを嗅いで、あの人の指の感触だけが残っていることを確かめてからシャワー室を出た。髪と身体《からだ》を強く拭いている間に蒸し暑さが忍び寄ってくる。日の下にいる時よりも暑さが煩わしい。そんな世界に不思議を覚えながら着替えて、タオルを頭に載せて居間へ向かう。みんなが使い終わってから最後にシャワー室を掃除するのは私だ。日常に食い込んでいて当たり前だと思っていたところに、非日常が手を取り誘うものだから、一歩、引いて見てしまう。

『えらいね』

都合のいいところだけ切り取って、頭に保存されてしまっている。

はたいた。頬を、ぱぁんって。

顔を叩《はた》きたくなるくらい嫌いなやつに出会ったのは、初めてかもしれなかった。

居間を経由して、水池《みずいけ》さんが自室にいるのを覗《のぞ》いてから、なんとなく引き返す。居間にもある扇風機の前に陣取り、風を独り占めする。テレビの前で姿勢よく正座している水池《みずいけ》さん母は見なかったことにした。そういえばこの人が扇風機を使っているのを見たことがない。居候《いそうろう》なりに遠慮しているのだろうか。青白い顔には汗も血の気も感じなかった。

勢いよく回る扇風機の前で髪を垂らし、乾かす。纏《まと》うものが豪雨から風を切る音に変わる。

風は目に見えないのに、私たちは色々な形でそれを感じ取ることができる。他の物体を経由して、風がそこにあると知っている。自分の心もそうして、他人に関わることで見えてくるのかもしれない。

「ちょっと、なんや」

「ひょ」

背中を突っつかれる。タオルを頭から落として扇風機にぶつかりそうになりながら振り向くと、猫背の水池《みずいけ》さんが電話片手に私を覗《のぞ》いていた。

「なに、なに」

「ちらっと見て出てったから、なんか気になった」

「あー、別になんにも……ないよ」

左手に視線が行きそうになるのを堪《こら》えて、首に力を込める。そうして苦労していると、水池《みずいけ》さんが私の隣に座る。部屋に戻らず、漫画を広げだした。

「あの？」

「え、あかんの？」

「いいけど……」

イエスとノーではなく、ホワイの意味だったけど通じなかった。

そうやって気まぐれに、猫みたいに近寄ってくるから、この同居人もたちが悪い。二人に当たる位置にすると、扇風機の風の恩恵にあまり与《あずか》れない。でも、私も水池《みずいけ》さんも動かない。

「仲良しさんねぇ」

今頃気づいたように振り返った水池《みずいけ》さん母がにっこりしている。この人にはなにが見えているのだろう。ちなみにテレビでは再放送の上様が仮面をつけて太鼓を叩《たた》きながら現れていた。

昼間のことを思い返して心が臆病になりながら、水池《みずいけ》さんを覗《のぞ》き見《み》る。

水池《みずいけ》さんの涼しい横顔に胸が高鳴る自分がまだいて、秘《ひそ》かに安堵《あんど》する。

ああ、好きだなぁって。フラれてどうしようもないから地獄なんだけど、それでも。

別の地獄に片足はまってるから。

引っ張り上げてほしい、私を。

だけど。

その気持ちを遮るように、やってくる。

私の部屋で、音が鳴った。

扇風機の回る音が喉と首筋を撫《な》でて通過していく。

「星《ほし》さんの電話やろ？」

「うん……」

指摘されて、なんとか頷《うなず》く。相手が誰かも分かっている。

立っていいのか？　って水池《みずいけ》さんを見る。

水池《みずいけ》さんが隣にいるのに、私は。

私は。

「みてくるね」

私は、水池《みずいけ》さんの隣から離れて電話を取りに行った。

ふらふらと、歩いていった。

シャワーを浴びる前に放り投げた鞄《かばん》から、半分はみ出ていた電話を取る。相手は当然のような顔をして地平《ちたいら》さんだった。頭部に溜《た》まっていた熱が、俯《うつむ》いて、垂れ下がる。

『大丈夫?』

なんの心配だって、強がる。あれだけ泣き顔見られたのに。

『なにが?』

『ずっと泣いていたから』

『ないてない』

変換も忘れて、ダンダンダンダンってタップしてしまう。

『うん。タカソラがそうだって言うなら、わたしもそういうことにするね』

なんだよそれ、ってどこまでも受け入れてくることに不安しかない。

他人を優しさでめちゃくちゃにしたいのか、この女。

したいんだろうな、って思った。

『よかったら、明日も遊ぶ？』

揺れている心を見透かすように付け込むこの女は、悪魔の類ではないかと思う。

『なんで？』

『今日は泣き顔ばかり見ていて、笑顔を見忘れたと思って』

『嫌だ絶対に会わない』

昨日もそう言っていた私が今日どうなったか想像して、夜が訪れるようだった。

今度こそ、と電話から極力顔を離す。無意味な抵抗だった。

『でも最後にびっくりした顔が見られて、ちょっと安心したよ』

びっくりどころか死にそうだったんだよ！

『元気出た？　わたしもね、海《うみ》のを触ると元気出るからタカソラもどうかなと』

「うるさい死ね！」

早口を繋《つな》がってもいない電話を叩《たた》きつけて、座っていられなくなって電話を投げて部屋の中を歩き回って、最後にまた勢いよくお尻を下ろす。ああうああああうあうううと、ぼろぼろになった声が漏れてしまう。

左手が、禁断症状でぶるぶると震えていた。

教えられてしまったものに、飢えて狂うように。

最後、最後。

あの女が帰《かえ》り際《ぎわ》、私にしてきたこと。

むねをさわらせてきた。

私の左手を取って、こう、さぁっと。

そこまで行くと光景に多重にケミカルな色合いがかかって、はっきりと思い出せなくなる。

多分それは、脳が行った延命処置。明確に記憶して思い返そうとすると私が死ぬと判断したのだ。無理に思い出そうとすると、焼け焦げた耳がちぎれそうなくらい痛む。

触れただけなのか、沈みこんだのか、感触を一切思い出せない。

息は止まって、心臓も確かに一度急停止した。

それがなんなのか聞く前に、あの女はさっさと帰ってしまった。私の心臓をほったらかしにして。

息を吹き返した心臓は、帰り道からずっと割れたように痛い。

これはもう、本当に、疑いようもなく、浮気《うわき》ではないのか。

私にその気なんてもうこれっぽっちも欠片《かけら》もないのに、勝手にその相手にされてしまった。

私は被害者だ！

声高に叫んで誰が信じるものか。

自分で会いに行っておいて、そんなの。

顔を押さえる。泣ける立場じゃないのにまた泣きたい。そして指の隙間から、静かな本音を垣間見《かいまみ》る。

女子の胸って初めてちゃんと触った。

見慣れているはずのそれに、首がねじ切れそうなくらいの衝撃を受ける理屈とは果たして。

死ね、死ね、死んでしまえ。

悶《もだ》えて寝転がり、目を潰れろとばかりに押して、増していく鼓動に泣く。

知性を完全に捨てたい。

どんな決断も、正しいと思える誤りがほしかった。

「今日も出かけるんか」

「うん……他の友達と」

「そっか。あたしも出かけるけど」

「え」

地平《ちたいら》さんに会いに行くはずがないのに、動揺を見せてしまう。

「友達？」

自分で言ってから不自然な問いかけだと自覚する。普通、彼女から聞く。それも皮肉っぽく。

なんでこんな、彼女はあり得ないって前提のように言葉が出てくるのか。

「いや……んー、なんやろ」

水池《みずいけ》さんはまったく気づかなかった、というか心がここになさそうな様子だった。歯切れも悪く、一体、どこに行こうというのか。まさか後をつけてこないだろうか。

そんな、疑われる要素はないはずなのに。

「それじゃあ、えー、夕方には帰るから」

「うん。あたしもそうする」

不自然にならない態度、と意識する自分が滑稽で。

朝ご飯の味は、ほとんど分からなかった。

洗面所の鏡の前で、自分があだこうだと顔を弄《いじ》っている。学校に通う時は珍しくもない日課だけど、夏休み中にこんなことをするのは珍しい。前回もその前も、実は化粧なんかしないで行ってしまえと適当に出かけていた。それがどういう心境の変化なのか、と鏡の中のやつに聞いてみる。唇も曲がっていないし、大人しい顔で黙々と飾り気を出している。

時間が余っていたからかもしれない。そしてこういう細かい行動の変化が、周囲からの不信を生むのだろうか。

疑われても、別に、やましいことなんかしていないけど。

友達に、会いに行っているだけなのだから。

……友達じゃないけど。

化粧して、服を少しの時間をかけて選んで、遅刻しないように家を出て。

考えてみると、デートに似ているかもしれない。したこと、ないけど。

電車に乗っている間、冷静になろうと呪文のように前提を繰り返しながら自問する。

なぜ、嫌だ嫌だと言っている女に会いに行くのか。昨日からはっきりしていないのに、行動だけはしっかりとしてしまっているのはなぜなのか。見てもいない窓からの景色を目に垂れ流しながら、ぼぅっと、血液と共に意識が身体中《からだじゅう》を巡る。

見て見ぬふりをしている部分に、目を向けるなら。

あの女が、美人だから。優しいから。面倒見いいから。褒めてくれるから。あったかいから。

花の香りがするから。優しいから、優しいから、優しいから、優しいから!

嘘《うそ》なのに、優しいから。

おっぱい触らせてくれたから。

最後だけ死ね。

つまり私は、頭が水池《みずいけ》さんになってしまっているのだ。

泣くか笑うかで言うと、まだ、笑えた。

今日も知らない土地の、知らない名前の駅へなんの保証もなく向かっていた。

改札を抜けると、出迎えるように地平《ちたいら》さんがやってきた。

連日の、胡散臭《うさんくさ》い女との逢瀬《おうせ》。逢瀬《おうせ》じゃない。

「遅刻？」

「ううん、まだ時間は大丈夫」

とても目立つ地平《ちたいら》さんがまばたきをした後、確かめるように私の顔を覗《のぞ》いてくる。

「……なんですか」

にこっと、顔がほころぶ。

「なんでもない。こんにちは」

「こんにちは……」

化粧を確認されたみたいで、冷や汗が背中に浮かぶ。この女は、人をよく見ている。些細《ささい》な変化も見逃さないで拾ってくる。きっとそれが、相手の心を把握していくための手練手管の一つなのだろう。

こっちも違いを見抜いて反撃しようと試みたら、露骨に昨日と違うところがあった。これはもう誰でも分かる。ファミレスにたまに置いてある暇潰しの間違い探しより簡単。淡い紫色の生地が建物の影に映えていた。

「あ、和服……」

「昼間だとどうしても増えちゃうんだよね」

困ったように、地平《ちたいら》さんが袖を摘んで広げながら笑う。綺麗《きれい》な蝶《ちょう》の羽みたいだった。昼間に和服を着ないといけないような仕事？　家？　お金持ちなのは分かっているけれど、どんな環境で生きている人なのか。そして視線は和服の中の藤の花を追って、必然のように胸元に辿《たど》り着《つ》く。留まりそうな視線を力ずくで逸《そ》らした。

せっかく少しだけ忘れていたのに、再燃してしまう。

「…………………………」

あれに触れたのか、私が。肘がぶるぶる震えていた。

それと連動したわけではないけれど、地平《ちたいら》さんのハンドバッグも震えた。

「電話だ、ちょっとごめんね」

地平《ちたいら》さんが私から少し距離を取る。電話……まさか、水池《みずいけ》さん？　片足が浮き上がりそうになるくらい身体《からだ》が仰《の》け反《ぞ》り、傾く。地平《ちたいら》さんはなんてことなさそうに電話に出た。

「はい……どうも、番号教えた記憶は……デートのお誘い！　あ、違いますか。あっはっはは。えーと、へぇー……ふふ、ふ……ああごめんね、あんまり楽しくて……いいですよ、ああでも名字だけで……後はいずれ……ええ、はい。それじゃあ、お願いします」

さして長くない電話を終えて戻ってきた地平《ちたいら》さんは、肩を揺らすほどに笑っていた。

「いや、海《うみ》もなかなかやるね」

「水池《みずいけ》さん？」

この人から名前を出されると、びくっとしてしまう。後ろめたいことなんて、ない、はずなのに。いやもうあるというか押し付けられたけど。

「実に喜ばしい。誇らしくさえある」

本当に嬉々《きき》としているのが隠し切れないのか、いつもの澄ました笑みよりも表情が強い。簡単に言うと、にやにやしている。ほっといたら、うひひひとか笑いそうなくらい。

「なにが？」

「まぁ色々と。あ、そうだ。今日もわざわざ来てくれてありがとうね」

子供みたいに素直に笑っていた顔をすぐに引っ込めて、普段の穏やかな表情に戻る。

「別に……退屈、だったから」

「今度遊ぶときは、わたしがそっちに行くね」

「今度なんて……」

ないとはもう言いきれなかった。今は今度の、今度の……何度の今度なんだ？

「それじゃあ、今日も楽しく行きましょう」

地平《ちたいら》さんが軽快に私の手を取り、握ってくる。

「あ……」

風にさらわれたように、腕の動きが自分のものと思えないくらい軽い。

「あ、海《うみ》かと思って手を取っちゃった。ごめんね」

摑《つか》む時も自然なら、離れる時もさらりとしていた。握られた手を、ふと見下ろす。

友達だから、これが当たり前の距離なんだ。

友達。
友達しかいない。
友達から動かない。友達って、便利すぎて、遠すぎて、孤独だった。
ああ、って。ずっと付きまとう不安の正体を理解する。
水池海《みずいけうみ》と出会って、見惚《みと》れてからのすべてに追随する、この心の斜陽。
海は陸と繋《つな》がるけれど。
空は、海とも陸とも繋《つな》がらないんだ。
「タカソラ？」
このまま会っていたって。このまま一緒の部屋で暮らしていたって。
みんなと都合のいい友達で、頭狂うくらい苦しむしかない。
なんにも、待っていなかった。
電車に乗ったってどこにも行けやしない。
私は、友達なんだ。
嫌だ、って心が引きつっていた。友達で終わりたくない。
友情が作った平穏は、地獄より居心地が悪かった。
だから。
「赤ちゃんになるって、なんですか」

ずっと忘れられて、急に息を吹き返した、三つ目の質問。
水池《みずいけ》さんとの会話で出たそれが、ぽろりとこぼれる。
ずっと印象に残っていた、あの発言。あの満たされた笑顔。
そんな唐突な頭を疑う内容、分かるはずもない。
急に、なに言ってるんだ。
だけどすべてを察したように、地平《ちたいら》シホは、口角を上げる。
「タカソラも、なりたい？」
悪魔の声は、優しく、私を終わらせようとしてくる。
私は、潤み切って溺れそうな喉と声で、応えた。

『地獄女』

My first love partner
was kissing

どちらに詰め寄ればいいのか、足が加速する中で考えた。

目玉が直接歪《ゆが》んで螺旋《らせん》を描くように、視覚が偏る。景色がうねり、二人も真《ま》っ直《す》ぐ立って見えなくなる。

降ってもいないはずの豪雨に見舞われたように肌が汗に包まれる。

幻覚を通り過ぎて、赤く見えるくらい強い光の下に出ても、音は消えない。

雨音が、ずっと続いていた。

「あ、海《うみ》も来たの？」

一切悪びれないチキさんが、にこやかにあたしを出迎える。その笑顔を見ると悔しいようなもどかしいような泣きそうな気持ちになって、複数の感情が起こす波を受けて結局、我慢できずに涙がこぼれるのを感じた。心細くて、温度なんか無視して寒くて震えそうだった。

「なんで？」

「なんでって？」

隣の星《ほし》さんは最初、あたしの登場にぎょっと目を開いて固まっていた。それから、気まずそうに自分の腕を抱き、目が不安を示すように動き回っている。喉から火が出そうなくらい、かあっと、腹が熱い。摑《つか》んで、めちゃくちゃに引っ張りたくなる。

この攻撃的な意思に指と付け根ががくがく揺れ始めるのが、敵意と呼ばれるものなのだろうか。

「この間会ったときに友達になったから一緒に遊んでるだけだよ？」

ねぇ、とチキさんが星《ほし》さんに同意を求める。いや、促す。星《ほし》さんは、こっちを見ない。

「そうですけど」

「嘘《うそ》や」

そんなもん通るかいくらなんでも。だって、それなら黙っとる必要ないのに。

あたしにも教えんかった名前を、なんで星《ほし》さんに教えとるんや。

ぎゅうって、頬が歪《ゆが》んで痛くて流れる涙を遮ってしまう。

チキさんはそんなあたしに、ふぅって、小さく溜《た》め息《いき》をついた。

「海《うみ》は、結局わたしのことを信じてくれないね」

「信じられるようなことしてくれ！」

人前とかなんにも考えられなくて、大声で叫んでいた。

チキさんは周囲を見回した後、ふっと。息を抜くように、また微笑《ほほえ》む。

「タカソラも言ってなかったんだ。それは、んー、色々な考えがあるからね」

そこはいいやとチキさんが強引に流してしまう。そこを、もっと粘らんといかんかもしれんのに展開と踏み込みの速さで押し流されてしまう。

「でもそれを言い出すとね、海《うみ》。タカソラと一緒の部屋で暮らしている海《うみ》も浮気《うわき》になってしまうんじゃない？」

チキさんが穏やかに、あたしの胸を突き飛ばしてくる。

古い駅の背景と影を背負うように、チキさんの表情が暗く、美しい。

「だって、他に住むとこ、ないし」

「わたしも他に友達いないから、タカソラを誘っていたの」

一緒、と静かに、そして強引にあたしを同じ立場に持って行こうとしている。

もしくは、チキさんが飛びついて同じ天秤《てんびん》の秤《はかり》に飛び乗ってくる。

常識の秤《はかり》を、ぶっ壊してしまうために。

「あたし、誘ってくれたらいつでも、行くのに」

「海《うみ》は友達じゃないでしょ？　友達と遊ぶのと、恋人と出かけるのは違うよ」

「違うって、でも、友達じゃ」

「友達だよ？　それ以外の関係だったら、海《うみ》のいる地元に来て会うと思う？　わたしなら、隠したかったらもっと遠くで会うけどね」

「それは、」

「友達と遊ぶことも言わないと駄目だったら、ごめんね。これからは海《うみ》にちゃんと伝えてから遊ぶことにする。それなら、海《うみ》も安心できる？」

「いや……え、え？」

なんで、とんとんと軽快に話がまとまりそうになっているんだ？

問題は、ある。あるはずなのに、触れられない。

確かに後頭部が痒《かゆ》いはずなのにいくら掻《か》いてもなにも解決しなくて、でも痒《かゆ》みは確かに頭の側にいつまでもあって気が狂いそうになる。そんなときの気分だった。

そこにずっと尻尾が見えているのに、一生ゆらゆら逃げ回って、あたしに摑《つか》ませない。

「それで、わたしも海《うみ》のこと問い詰めていい？　他の女と暮らして一緒に寝てるねって」

その人の詰め寄り方は淡々と、それこそ伸びた影を音なく伸ばしてくるようだった。的確に一歩踏み込んで、こちらの反撃を丁寧に封じてくる。

「勿論《もちろん》、わたしは冗談だけどね。仲のいい友達だもの、二人は」

ねー、と気安く星《ほし》さんに同意を求める。今度は、星《ほし》さんは無言だった。

ただ辛《つら》いものを見つけたように、あたしを暗い目で見ていた。

「友達だよね？　違ったらわたしも怒らないといけなくなっちゃう」

「は、い、」

チキさんを、いつもとは違う感情の下で『大人』として見上げる。

首が、縮こまったまま動かない。

「そう、友達。わたしもタカソラとは友達。一緒に遊んじゃいけない？」

いやだ。

正しいとか、間違っているとかより真っ先にそんな叫びが心から突き抜ける。

でも根っこがあまりに強く絡《から》みついて、心から離れない。

目と唇が震えて、狭くて、出てこられない。

「海《うみ》、わたしが間違っている？　間違っていると思うなら、もっとお話ししようか」

日差しを見上げるように、チキさんが空に向けて目を細める。

その人の横顔を、光と影が極彩色に仕上げる。

「今度はどこで女子会しようね」

その淀《よど》みない声色に締めくくられて、外側から、怒りの扉が閉じられる。

駄目だ。

この人と喧嘩《けんか》しても勝てるわけない。

だから、バカは嫌なんだ。頭悪い自分が、大嫌いなんだ。

チキさんは、間違っとる。少なくともあたしに生まれた気持ちは納得できるものじゃない。

でも反論できない。どう間違っているのか説明できない。泣くことしかできない。チキさんは、笑っているだけで終わってしまう。それじゃいけないってわかっていても、いけるものが見つからない。

「海《うみ》、泣くことなんかなにもないよ」

チキさんがあたしの肩に手を置いて、あやすように屈《かが》んで目線を揃《そろ》えてくる。その整いきった笑顔がいつものようにあたしを安心で埋めつくそうとし始めて、恐怖する。

浮気《うわき》しとるかもしれん人に、なんで優しくされとるのかわからない。

それでも振り払えなくて、泣き続けてしまう。

地獄かよ。

星《ほし》さんの吐き捨てるような、そんな呟《つぶや》きが聞こえた。

それから。

「あれぇ、みんな揃《そろ》ってる」

猛暑を忘れるような優しく、細く、弱い声。

ろくに感じられない薄い風にも負けそうな、ふわふわとした雰囲気のお母さんが、遠慮なくこちらに近づいて加わってきた。

「お母さん、」

「あ、わたしはスーパーに行こうとしていただけのその辺のお母さんです」

こんにちはぁ、といつもどおり脆《もろ》そうな笑顔と繊細な雰囲気と緩み切った声をかけてくる。

でもその目が、ふとなにかを捉えたように丸くなる。

あたしでもなく。星《ほし》さんでもなく。

チキさんを、見つめて。

そのチキさんが、影を作る髪を掻《か》き上《あ》げながら微笑《ほほえ》む。

「お久しぶりです泉《いずみ》さん。……この間、電話越しでは挨拶しましたけど」

ほ？　と額をクチバシに小突かれた気分だった。

いずみさん？

チキさんが今呼んだのは、あたしのお母さんの名前だぞ？

一度も、教えたことなんてないのに。

「やっぱりシホちゃんかぁ。おっきくなったんだねぇ」

お母さんが、知らない名前でチキさんを呼び、手を合わせる。

途絶えていた通信が急に回復して、勝手に機械が喋《しゃべ》り出《だ》した。まさにそんな、置いてきぼりの気分だった。

「最後に会ったのは前も前なのによく分かりましたね」

「一目でわかるわよぉ、だって」

ちょんちょんと、お母さんが自分の瞳を指す。それを受けてチキさん……チキさん？　が口角を上げる。二人の間でだけ理解が行き来して、あたしと、星《ほし》さんの目が開いたまま閉じない。

そんなあたしたちをいつも通り気にしないで、お母さんがニコニコしている。

「なるほど、シホちゃんがぴっぴだったのかぁ。安心しちゃった」

「しない方がいいと思いますけど」

「つきのいしいる？」

「そっちはなぁんにも変わってませんね」

あっはっはと、チキさんもいつものように笑い声が透き通っている。

こっちは真夏の太陽が真上に来て、地面に潰されそうなくらい圧迫されているのに。

汗の中に思考が溶けて流れ落ち、水分を失った血が濁って淀《よど》んでいく。

「……知ってんの？」

干からびた芋の端っこみたいな声が辛《かろ》うじて出る。夏の風に紙切れみたいに吹き飛ばされそうな、弱々しい問いかけはお母さんに先に届いた。

「あれ？　海《うみ》、泣いてるの？」

「それは……今は、ええから」

「ふんふん、じゃあそれはまた後で。で、海《うみ》に話してないの？」

「ええ、まだ」

聞かれなかったので、とチキさんは肩をすくめた。

面白かったので、とも聞こえた気がした。

「そっかぁ、じゃあ紹介するね」

お母さんが舞うように遠回りに動いて、チキさんの隣に移動する。お母さんは笑い、チキさんは悪戯《いたずら》でもバレたように苦笑し、星《ほし》さんは「あ」となにかに気づいたように口を開いた。

そして。

「こちら、地《ち》平潮《たいらしほ》。一応、あなたのお姉ちゃんになるのよ」

255　『地獄女』

「え？」

「本当にその名前でいいのかは微妙ですけどね」

とんとんと、その人の指が目を指す。よく見るように、あたしに促して。

目？

瞳？

いつも見てきた、その目を、ただ、真《ま》っ直《す》ぐ。

視線が無邪気に刺し返して、血を噴き出すようだった。

「あ……」

ああ。

ああああああ。

あたしと、同じ色の瞳。

「おねえちゃんだよ～」

いつもと変わらない優しい笑顔で、その人はおどけたように自己紹介するのだった。


あたしの初恋の相手はいい人で、美人で、花の匂いがして、頭がよく、優しくて、面倒見よくて、一緒にいると落ち着き、胸がデカく、誰よりも美人なおねえちゃんだった。

## あとがき

ということで2巻でした。上中下で言うところの中です。

上って留まって後は真っ逆さまを残すのみとなりました。

こんにちは、入間人間です。2巻どうだったでしょうか。ちゃんと三角関係ラブコメみたいになっているでしょうか。ぼくはどちらかというと牧歌的なお話を書いてみんなを笑顔にするのが得意だと勘違いしているのですが、悪そうな美人を描くのもなかなか楽しいですね。

果たしてどのような結末になるのかは今書き始めたところなので分かりません。主人公がどちらなのか、そもそも実は悪そうな女が本当の主人公なのか、それさえもまだ分かっていません。分からないから向き合って書いていきます。意外と、そのあたりは大事なことかもしれませんね。

そういえば今年で作家として15周年を迎えます。15年⁉　マジィ？　という感じですがそれくらい小説書いて生きているみたいです。15年かぁ、15歳かぁ、高校生じゃん。

ということで今年から高校生作家です、よろしくお願いします。

15年丸々応援してくださっている方は決して多くないかもしれませんが、一度でも本を手に取り、関わってくださったすべての方に感謝します。まだ取ってない人は一回どうぞ。色々書いてきたので、気に入る本が一冊くらいはあるかもしれません。

それがちょっと面白くて、本棚に置かれて、また何年か経《た》って時々思い出してくれたら、けっこう、満足です。最近は電子書籍も多いよとかそういうことはさておいて。

『私の初恋相手がキスしてた』も今年中には完結予定で、書き終えたらまた次の新作もどんどん書いていきたいので、よろしかったらまだまだよろしくお願いします。

ありがとうございました。

入間人間

**本書に対するご意見、ご感想をお寄せください。**

ファンレターあて先
〒102-8177　東京都千代田区富士見2-13-3
電撃文庫編集部
「入間人間先生」係
「フライ先生」係



本書は書き下ろしです。

この物語はフィクションです。実在の人物・団体等とは一切関係ありません。

電撃文庫

# 私《わたし》の初恋相手《はつこいあいて》がキスしてた2

入間人間《いるまひとま》

2022年5月10日　初版発行

発行者　青柳昌行
発行　株式会社KADOKAWA
〒102-8177　東京都千代田区富士見2-13-3
0570-002-301（ナビダイヤル）
装丁者　荻窪裕司（META＋MANIERA）
印刷　株式会社暁印刷
製本　株式会社暁印刷


ISBN978-4-04-914337-9　C0193　Printed in Japan

電撃文庫　https://dengekibunko.jp/

# 電撃文庫創刊に際して

文庫は、我が国にとどまらず、世界の書籍の流れのなかで〝小さな巨人〟としての地位を築いてきた。古今東西の名著を、廉価で手に入りやすい形で提供してきたからこそ、人は文庫を自分の師として、また青春の想い出として、語りついできたのである。

その源を、文化的にはドイツのレクラム文庫に求めるにせよ、規模の上でイギリスのペンギンブックスに求めるにせよ、いま文庫は知識人の層の多様化に従って、ますますその意義を大きくしていると言ってよい。

文庫出版の意味するものは、激動の現代のみならず将来にわたって、大きくなることはあっても、小さくなることはないだろう。

「電撃文庫」は、そのように多様化した対象に応え、歴史に耐えうる作品を収録するのはもちろん、新しい世紀を迎えるにあたって、既成の枠をこえる新鮮で強烈なアイ・オープナーたりたい。

その特異さ故に、この存在は、かつて文庫がはじめて出版世界に登場したときと、同じ戸惑いを読書人に与えるかもしれない。

しかし、〈Changing Times,Changing Publishing〉時代は変わって、出版も変わる。時を重ねるなかで、精神の糧として、心の一隅を占めるものとして、次なる文化の担い手の若者たちに確かな評価を得られると信じて、ここに「電撃文庫」を出版する。

**1993年6月10日**
**角川歴彦**